소멸세계

消滅
世界

무라타 사야카
장편소설

최고은 옮김

살림

"아담과 이브의 반대 경우를 어떻게 생각해?"

예전에 그렇게 물어본 연인이 있었다.

스무 살 때, 아무도 없는 집에 데려온 날이었다.

둘의 체온이 녹아든 시트 속에서 꾸벅꾸벅 졸던 나는 바깥의 빗소리와 섞여 스르륵 내려앉은 불가해한 질문에 게슴츠레 눈을 떴다.

"반대 경우? 무슨 뜻이야?"

"아담과 이브는 금단의 열매를 먹고 낙원에서 쫓겨난 뒤에 섹스를 한 최초의 남녀였잖아? 그러니까 반대로 인류가 다시 낙원으로 돌아가게 된다면, 마지막으로 섹스를 하는 남녀는 바로 마지막 아담과 이브 아니겠어?"

나는 비몽사몽 중에 대답했다.

"그런 얘기였나……? 금단의 열매를 먹고 나서 아담은 일을 하지 않으면 먹을 걸 얻지 못하게 됐고, 이브는 출산의 고통에 시달리게 됐다. 이런 얘기 아니었어?"

"그랬던가?"

연인은 태연하게 말하며 담배에 불을 붙였다.

"하지만 쾌락이나 수치심을 알게 된 건 금단의 열매를 먹었기 때문이잖아. 나한테 아마네는 마지막 이브의 이미지야. 모두가 낙원으로 돌아가더라도 마지막 인간으로서 섹스를 하는 존재라고 할까."

"그게 뭐야, 무섭게. 저주 같잖아."

"왠지 그런 기분이 들었어."

연인은 내 머리칼을 쓰다듬었다.

"그럴 리가."

나는 웃었지만, 그 저주 같은 말은 몸속에 스며들더니 피부 아래에 달라붙어 떨어지지 않았다.

내가 태어난 날처럼 세찬 빗소리가 들리는 새벽녘이었다.

1

초등학교에 들어갈 때까지 나는 엄마가 만든 세상 속에서 살았다.

어린이집에 다니기는 했지만 그때의 기억은 거의 없다. 당시를 떠올려보면 엄마와 단둘이서 지낸 작은 목조 주택의 광경뿐이었다. 그 무렵 아빠는 이혼하고 집을 나간 뒤였다. 하지만 텔레비전 옆이나 엄마의 화장대 등, 집 안 곳곳에 아빠의 사진이 남아 있었다. 아빠가 나를 안고 있는 사진이 붙은 앨범을 펼치며 엄마는 "아빠는 정말 아마네를 사랑했단다"라는 말을 몇 번이고 반복했다.

우리가 살던 집은 돌아가신 할머니가 남긴 낡은 단독주택이었다. 겉보기에는 전통 가옥이었지만, 집 안에는 거뭇해진 붉은 양탄자가 깔려 있어서 서양 저택 같았다.

엄마는 붉은색을 좋아했다. 방에는 작고 빨간 소파가 있었고, 커튼에도 붉은 꽃무늬가 점점이 박혀 있었다. 밤이면 빛나는 작은 유리 램프도 희미한 붉은빛이었다. 낡은 장지문 앞에 빨간 소파를 놓아둔 어수선하고 세련되지 못한 인테리어였지만, 엄마는 "사랑의 색이라 이 색이 좋아"라고 항상 말하곤 했다.

엄마는 2층의 작은 방에 침대를 들여놓고 본인은 침대에서 자고, 나는 바닥에 이불을 깔아 재웠다. 엄마는 늘 옛날이야기를 들려주듯 아빠와의 첫 만남에 대해 이야기를 했다.

"아빠랑 엄마는 정말 사랑했단다. 사랑에 빠져 결혼했고, 그 결실로 아마네를 낳았어."

"응."

나는 순순히 고개를 끄덕였다. 엄마가 동화책을 넘기듯 나에게 보여준 앨범에는 훤칠한 키에 심약해 보이는 청년이 진지한 표정으로 서 있었다. 이 사람이 네 아빠라는 소리를 들어도 실감이 나지 않았지만, 단둘이 사는 이 집에서 엄마의 말은 절대적이었다.

"사랑의 도피나 다름없었지. 우린 정말 사랑했단다."

"응."

"아마네도 어른이 되면 사랑하는 사람과 결혼하려무나. 그리고 사랑하는 사람의 아이를 낳으렴. 아주 예쁜 아이를."

그 앨범 말고 집에 있는 책이라곤 낡아서 너덜너덜해진 동화책뿐이었다. 모두 공주님과 왕자님이 서로 사랑해 결혼하는 이야기였다. 어린이집에서 본 깨끗한 새 동화책을 사달라고 졸라도 봤지만 번번이 안 된다고 단칼에 거절당했다.

"아마 네도 언젠가 좋아하는 사람과 사랑해서 결혼을 하고, 아이를 낳아야 해. 엄마랑 아빠처럼. 그리고 사랑하는 남편과 소중히 아이를 키워야 한다. 알았지?"

"응."

내가 얌전히 이야기를 듣고 있으면 엄마는 기분이 좋아졌다. 어린이집은 별로 좋아하지 않았기 때문에 엄마가 들려주는 세상이 나의 전부였다. 그래서 나는 엄마가 들려주는 '올바른 세상'을 온몸으로 빨아들이며 자랐다.

꾸벅꾸벅 졸음이 쏟아지면 엄마의 체온과 뺨을 지그시 누르는 부드러운 가슴의 감촉, 높고 낮은 속삭임은 서서히 멀어져갔다. 감긴 눈꺼풀 너머로 엄마가 바닥에 놓아둔 붉은 램프의 빛이 느껴졌다. 언제나 나는 그 붉은빛에 빨려 들어가듯 잠이 들었다.

처음 사랑에 빠진 건 어린이집에 다니던 시절이었다.

상대는 텔레비전 속의 남자아이였다. 어떤 사랑이든 사랑에 빠지는 순간은 반드시 존재한다. 그 순간이 찾아올 때까지 나는 그저 그 애니메이션이 재미있었고, 어린이집 친구들도 많이 봤기 때문에 매주 텔레비전을 틀었을 뿐이었다. 그 애니메이션은 아이들 사이에서 유행하던 것으로, 나도 목요일 저녁이 되면 매번 빼놓지 않고 화면에 집중했다. 7,000살의 불로불사 소년이 색채를 잃은 세상에 조금씩 빛깔을 되돌려놓는다는 내용이었다.

처음 텔레비전에서 봤을 때는 이상한 애니메이션이라 생각했다. 새카만 화면에 목소리만 나왔기 때문이었다. 이내 주인공 소년 라피스는 '흰색'을 되찾았고, 화면은 흑백이 되었다. 그때 처음으로 라피스의 얼굴을 보았다. 살짝 고양이 같은 사나운 눈매의 열네 살쯤 되는 소년이었다.

이야기가 진행됨에 따라 라피스는 빛깔을 하나씩 세상에 되돌려놓는다. 노란색, 보라색, 초록색. 붉은색을 되찾았을 때는 라피스의 온몸에서 나오는 피에 숨이 턱 막혔다. 그리고 이야기 중반, 세상에 푸른색이 돌아왔고 하늘과 바다는 순식간에 파랗게 물들었다. 라피스가 겨우 푸른빛 눈동자를 되찾은 그 장면을 보고 나는 눈물을 멈출 수 없었다.

팔다리를 잘리고도 여주인공을 위해 계속 싸우다 얼굴까지 잘려나간 불로불사의 소년은, 손가락 하나만 남았는데도 싸움을 멈추지 않았다. 그때 화면 한가득 번지는 소년의 피와 쉼 없이 울려 퍼지는 여주인공의 비명을 들으며 나는 소년에게 마음을 빼앗기고 말았다.

지금까지 경험한 적 없었던, 뜨거운 바늘이 심장을 가득 채우는 듯한 불가사의한 욱신거림과 아픔이 나를 덮쳤다. 잠을 청해봐도 그 아픔은 사라지지 않았고 소년의 얼굴만 떠올랐다.

세상의 빛깔을 되찾은 뒤 갈기갈기 찢긴 라피스의 몸은 연구소로 운반되어 늙은 박사에게서 재생수술을 받았다. 그가 늙지도 않고 죽지도 않는 몸이라는 걸 알면서도 정말 되살아날 수 있을지 걱정이 되어서 잠을 설치는 나날이 이어졌다. 그리고 드디어 수술에 성공한 소년이 다시 화면에 등장했을 때, 나는 더 이상 그 푸른 눈동자를 똑바로 바라볼 수 없었다.

온몸이 달아올라 피부 아래에서 간지럼을 태우는 듯 희한한, 근질거리는 느낌이 들었다. 심장병에 걸린 게 아닌가 싶을 정도로 욱신거렸다. 텔레비전을 보고 있을 뿐인데 이렇게나 온몸이 이상해진다는 게 정말 이해가 가지 않았다. 하지만 온몸이 라피스를 더 보고 싶다고 아우성쳤다.

"엄마, 나 라피스와 만나고 싶어."

나는 엄마에게 애원했다.

"못 만나. 아무 데도 없으니까."

빨래를 개던 엄마는 코웃음을 치면서 그렇게 대답했다.

엄마는 나를 바보 취급하며 실망감을 안겨주려는 것 같았다. 하지만 '못 만나'라는 말이 나의 내장 깊숙한 곳에서 더욱더 뜨거운 열정의 덩어리를 끄집어냈다.

나는 곧 알아챘다. 만나지 못한다는 사실을 포함하여, 그 사람은 그 사람이라는 것을. 그것까지 포함해 내가 그 소년을 좋아한다는 걸. 온몸에 불가사의한 아픔과 강렬하게 순환하는 혈액의 감촉은 계속되었다. 사랑이란 이런 욱신거림과 아픔을 온몸에 각인시키는 것임을 알았다.

이때 나는 내가 이야기 속 사람에게 처음으로 사랑을 느꼈음을 깨달았다.

내가 남들과 다른 방법으로 수정되어 태어난 아이라는 사실을 알게 된 건 초등학교 4학년 성교육 시간이었다.

성교육이 있기 전날, 엄마는 누렇게 빛바랜 낡은 책을 나에게 내밀더니 삽화를 가리키며 엄마와 아빠가 나를 어떻게 가졌는지 설명했다. 왠지 기분 나쁜 이야기였지만, 나는 얌전히 듣고 있었다. 엄마가 공부라고 했기 때문이었다.

하지만 이튿날 성교육 시간에는 어제와 전혀 다른 내용을 배웠다. 인공수정의 과정과 그 결과로 아이가 만들어지는 생명의 신비를 다룬 DVD만 내내 틀어줬다.

엄마의 이야기는 거짓말이었을까. 처음에는 그렇게 생각했다. 선생님의 말이 틀렸을 리가 없었다. 이상하다는 생각이 들어서 학교가 끝난 뒤 담임선생님을 찾아가 슬쩍 물어봤다. 수업을 마치면서 궁금한 게 있으면 찾아오라고 했기 때문이었다.

내 이야기를 들은 담임선생님은 난감해하는 눈치였다.

"음……. 예전에는 그런 방법으로 임신하는 사람이 많았단다. 어머니께서는 과학이 어떻게 발달했는지, 그 역사를 아마네에게 가르쳐주고 싶으셨던 게 아닐까."

"아뇨, 엄마는 저도 그렇게 태어났다고 했어요."

"음. 그게 말이지……."

"엄마가 이상한 건가요? 거짓말을 하는 건가요?"

"그러니까 그게……. 다음번 가정 방문일에 선생님이 어머니하고 이야기를 좀 해볼게. 분명 공부에 관심이 많으신 것뿐일 거야."

하지만 집으로 찾아온 선생님에게도 엄마는 당당하게 성

행위를 통해 나를 임신했다는 이야기를 했고, 경악한 선생님이 다른 선생님에게 그 이야기를 흘리는 바람에 교무실에서도 화제가 되었다. 소문은 어느새 학부모회에까지 퍼졌다. 남자애들은 학교에서 저속한 말로 나를 놀려댔다.

"너는 너희 아빠하고 엄마가 자서 태어났다며? 그런 걸 근친상간이라고 한대. 우웩, 더러워!"

구역질을 하는 남자애에게 나는 뭐라 반박할 수 없었다. 누구보다 구역질을 참고 있는 건 바로 나였다.

내가 새빨개진 얼굴로 고개를 숙이고 있자, 담임선생님이 황급히 달려와 남자애를 혼냈다.

"그런 소리 하면 못써! 예전에는 다들 그랬어!"

하지만 그걸 불쾌하게 여겨서 소문을 퍼뜨린 장본인이 그런 소리를 한들 설득력이 있을 리가 없었다.

'옛날'이라는 게 언제인지, 그때의 나는 도무지 알 수 없었다. 하지만 내가 사는 그 붉은 방이 냉동 보존된 과거로 둘러싸인 밀실이라는 사실은 알 수 있었다.

그날부터 매일 도서관에 다니며 '올바른' 성이 무엇인지 찾아봤다.

인간은 과학적인 교미를 통해 번식하는 유일한 동물이다.

제2차 세계대전 중, 남성이 전쟁터로 징용되면서 태어나는 아이의 수가 극단적으로 줄어들었다. 이 위기 상황이 계기가 되어 인공수정 연구는 비약적으로 진화했다. 남성이 전쟁터에 나가도 정자를 보관해두면 임신이 가능해졌으며, 남겨진 많은 여성이 인공수정으로 아이를 낳았다. 전후를 맞이해 인공수정 연구는 더욱더 발전했다. 인공수정을 이용한 수정 확률은 교미보다 압도적으로 높아졌으며, 안전하다. 선진국에서 시작되어 전 세계로 퍼졌고, 현재 교미로 번식하는 인종은 거의 없다.

번식에 교미는 불필요해졌으나, 지금도 인간은 사춘기가 되면 과거 교미를 했던 흔적이 남아 있기 때문에 연애 상태를 맞이한다. 애니메이션이나 만화, 책 속의 인물을 사랑하는 경우도 있고, 같은 인간을 사랑하는 경우도 있지만 근본적으로는 다를 바가 없다.

연애 상태가 깊어져 발정 상태가 되면 욕구는 마스터베이션으로 처리한다. 성기를 결합하는, 과거 교미와 비슷한 행동을 해서 처리하는 경우도 있다(이를 섹스라 부른다).

인간의 임신, 출산은 과학적 교미를 통해 발생하는 것

으로, 연애 상태와는 분리된다. 자녀를 가지고 싶으면 배우자를 구한 뒤에 여성이 병원에서 인공수정으로 출산한다. 현재 과학 수준으로 남성은 임신할 수 없는 까닭에 아직은 여성이 출산할 수밖에 없다. 최근에는 인공자궁 연구가 활성화되어 남성이나 본인의 자궁으로 임신이 불가능한 고령의 여성이라도 임신, 출산을 할 수 있는 날이 오리라는 기대가 높아지고 있다.

수많은 책을 읽으며 올바른 지식이 늘어가자 의문은 깊어질 뿐이었다. 왜 엄마는 아빠의 정자를 인공수정하지 않고, 굳이 피임 기구를 뺀 다음, 교미를 해서까지 나를 가진 것일까. 생각만 해도 속이 울렁거렸다.

엄마와 대화를 나누는 횟수가 점점 줄어들었다. 엄마도 무언가 눈치챘는지 나에게 지겹도록 했던 원시적인 교미에 대해 이야기하지 않게 되었다.

봄 방학을 앞둔 겨울의 어느 날, 나는 머리를 땋아주는 엄마에게 무심코 물었다.

"왜 그랬어?"

"뭐가? 무슨 소리니?"

"엄마는 왜 '평범하지 않은 방법'으로 날 임신했어?"

엄마는 숨을 삼켰다. 머리를 땋는 손길이 순간 멈췄지만, 한숨을 내쉬고는 다시 손을 움직이기 시작했다.

엄마는 작은 소리로 중얼거렸다.

"그런 예감이 들었어."

그것이 대답인지, 혼잣말인지 알 수 없었다.

"저기 봐, 아마네. 오늘도 비가 내리지. 네가 태어난 날에도 이렇게 여름 내음이 나는 비가 쏟아졌단다."

알 수 없는 표정으로 그렇게 말하더니 엄마는 내 머리에서 휙 손을 뗐다.

"잘 못 땋겠네. 양쪽 굵기가 달라. 이제 다 컸으니까 스스로 해."

땋아달라고 한 것도 아닌데 그런 소리를 듣자 발끈한 나는 헝클어진 머리로 학교에 갔다. 교실에 들어가니 친구가 "오늘은 왠지 성숙해 보이네"라고 칭찬해줬다. 지금까지는 엄마의 취향으로 양 갈래로 묶은 머리나 땋은 머리처럼 소녀다운 헤어스타일만 해왔기에 신선하게 느껴진 것이리라.

"앞으로는 전처럼 애들 같은 머리는 안 하려고."

나는 고개를 꼿꼿이 들고 친구에게 말했다.

나는 엄마가 만든 모형 정원 밖으로 나왔다. 그때 내가 새로운 세상으로 한 발짝 내디뎠다는 사실을 막연히 느꼈다.

'올바른' 성 지식을 겨우 얻고 나서 내가 사랑하는 사람이 라피스라는 사실에 안도했다. 엄마의 말을 진짜로 믿고 인간을 사랑하게 되었다면 큰일이라고 생각했기 때문이었다.

5학년이 되었을 때는 반의 거의 모든 아이가 애니메이션이나 만화책에 나오는 소년소녀와 사랑에 빠져 있었다.

귀여운 카드지갑에 사랑하는 캐릭터의 사진을 넣어 다니는 게 유행이었다. 그리고 제일 친한 친구에게만 몰래 자신이 좋아하는 사람을 보여줬다. 같은 사람을 좋아할 경우에는 친구와 더욱더 친해졌다.

나는 여전히 라피스를 좋아했지만, 그 애니메이션은 이미 끝난 지 오래라 라피스의 사진을 카드지갑에 넣어 다니는 친구는 거의 없었다. 그래서 방과 후, 아무도 없는 교실 베란다에서 제일 친한 유미가 '그 아이'의 사진을 보여줬을 때는 정말 기뻤다. 우리는 신이 나서 손을 맞잡고 라피스의 눈동자가 얼마나 아름다운지, 소년다운 달콤한 목소리가 얼마나 매력적인지 이야기했다. 오후 5시를 알리는 종소리가 울

려 퍼질 때까지 유미와 이야기하다 집에 돌아가 엄마에게
된통 혼난 적도 있었다. 라피스가 누군가에게 사랑받는다는
사실이 기뻤다. 이것도 사랑을 통해 발견한 것이었다.

라피스의 모습을 녹화한 디스크는 책상 위에다 소중히 간
직했다. 그리고 방에 있는 내 컴퓨터로 항상 그를 보았다.
디스크가 컴퓨터 속에서 돌아가는 소리는 그가 나에게 다가
오는 발소리였다.

그를 볼 때마다 몸 안에서 '뜨거운 덩어리'가 솟아나 온몸
을 휘젓고 돌아다녔다. 화면을 끄고 이불에 들어간 뒤에도
그 느낌은 한동안 사라지지 않았다.

감미로운 아픔이 내 몸에 기생하는 듯한 신비한 감각이었
다. 달콤한 아픔은 온몸을 돌아다녔다. 가슴, 등, 목덜미, 배
속, 손톱 끝까지 아프기도 했다.

라피스가 안쪽에서부터 나를 갉아먹는 듯한 그 아픔이 기
쁘기도 했지만, 괴롭기도 했다. 한 살, 두 살, 나이를 먹으며
더욱 격렬해지는 그 달콤한 아픔을 몸 밖으로 배출하는 방
법을 배우게 된 건 자연스러운 흐름이었다.

여름 방학을 앞둔 어느 날이었다. 나는 집에서 라피스의

모습을 컴퓨터로 보고 있었다. 그 무렵, 달콤한 아픔은 더욱더 격해져 정말 병에 걸린 듯한 상태였다. 온몸의 피부 안쪽이 일제히 마비되었지만, 그래도 그에게서 눈을 돌리지 않았다.

'바라보는' 것이 내가 그를 위해 할 수 있는 유일한 일이었다. 속눈썹의 움직임, 눈을 깜빡이는 횟수, 바람에 흩날리는 머리카락, 손끝의 섬세한 움직임, 그 모든 것을 외울 정도로 보고 또 보았다.

조금이라도 아픔이 줄어들까 싶어서 나는 시트로 몸을 감싸기도 했다. 기다란 이어폰을 컴퓨터에 연결해 그의 목소리를 들으며 이불을 파고들었다. 그에게 닿고 싶어서 침대 커버를 다리 사이에 끼웠는데 몸속에서 아직 사용한 적 없는 장기가 꿈틀거렸다. 나는 그 장기의 목소리에 홀린 듯 다리에 힘을 주었다. 아랫배 언저리가 욱신거렸다. 힘을 주어 다리를 흔들자 온몸의 피가 탄소가 되어 증발하는 듯한 감각이 들면서 힘이 쭉 빠졌다.

옛날 책에서밖에 읽어본 적 없는 '섹스'를 지금 나와 라피스가 하고 있었다.

나는 쾌락이 증발한 뒤 나른함만이 남은 몸을 일으켜 책장을 뒤졌고, 보건체육 시간에 받은 작은 책자를 찾아냈다.

페이지를 넘기자 '여자의 몸'이라는 글자 밑에 곤충의 얼굴을 정면에서 들여다본 듯한 신기한 장기가 그려져 있었다. 책자를 읽었을 때는 자궁, 난소, 나팔관, 질 같은 것들이 내 몸속에 있다는 걸 이해할 수 없었다. 간과 췌장이 몸속에 있다는 걸 실감할 수 없듯이, 피부 안쪽에 있지만 멀게만 느껴지는 장기라서 앞으로도 줄곧 그러리라 생각했다.

나는 검은 선으로 그려진 일러스트를 손가락으로 가만히 따라 그렸다. 책과 제 몸을 대조하며 지금 내 하복부에서 뜨끔거리는 이것이 곤충의 얼굴 한가운데 부분임을 알았다. 그곳에는 '자궁'이라고 적혀 있었다.

이야기 속에 존재하는 연인이 내 자궁을 꼭 잡고 흔들고 있었다. 닿을 수 없는 상대였지만, 그 순간만큼은 서로의 몸이 이어져 있었다.

나는 처음으로 일러스트 속의 신기하고 복잡한 장기가 내 아랫배 속에 있다는 것을 의식했다. 뜀박질했을 때의 심장과 화장실이 급할 때의 방광처럼 안쪽에서 내 세포를 흔들어 존재를 주장하는 장기라는 사실을 깨달았다.

'자궁'이 느낀 욱신거림과 아픔은 심장이나 방광과는 다

른, 느껴본 적 없는 육체의 감각이었다. '바라보는' 것 말고
도 그에게 접속할 수 있는 수단이 내 몸에 존재한다는 사실
이 그저 기쁠 따름이었다.

아직도 꿈틀거리는 '자궁'은 나른함과 열기를 뿜어내는
것 같았다. 그것이 나와 라피스의 몸이 이어졌다는 증거였
다. 이건 우리의 육체를 잇기 위한 기관이다. 그런 생각을
하며 나는 아랫배를 부드럽게 어루만졌다.

그 신기한 체험을 한 뒤에는 온몸이 노곤해져서 깜빡 잠
이 들었다. 그 바람에 숙제를 못 해가서 선생님에게 꾸중을
들었다.

"무슨 일 있었어? 아마네가 숙제를 안 해오다니 정말 별
일이네."

유미가 의아한 듯 물었지만 어젯밤 일은 유미에게도 말할
수 없었다. 이야기 속 소년과 섹스를 했다니. 아무에게도 말
할 수 없었다.

"치마에 뭐 묻었어."

유미의 귀띔에 서둘러 화장실로 달려가자 속옷이 피투성
이가 되어 있었다. 아연실색했다. 내 몸은 아직 어린 편이라

초경은 나중 일이라고만 생각했었다. 어제 그와 몸을 섞음으로써 내 몸은 단번에 어른이 되었는지도 모른다. 그렇게 생각하니 허벅지를 더럽힌 피까지 사랑스러웠다.

그날은 양호실에서 받은 일회용 팬티와 생리대를 착용하고 체육복으로 갈아입었다. 집에 돌아가자마자 엄마에게 이야기한 뒤, 함께 병원에 가서 피임 시술을 받았다.

"이제 어른이 됐네."

조금 아팠지만 의사 선생님이 웃으며 한 말에 기뻐졌다.

엄마는 내내 말이 없었다. 속으로는 나에게 피임 시술을 시키고 싶지 않았지만, 법으로 정해진 의무라 마지못해 데리고 와서였다. 통증은 금세 괜찮아졌고 나는 자랑스러울 뿐이었다. 피임 시술을 받음으로써 이제야 내 몸이 어른이 되었다고 생각했다.

중학교에 올라가자 모두 각자의 방식으로 이야기 속 남자아이와 사랑에 빠졌다.

그림으로 그린 연인을 어루만지는 아이도 있었고, 좋아하는 남자아이의 모습을 흉내 내는 방식으로 연인과 교신하는 아이도 있었다. 남자아이들도 저마다 이야기 속 여자아이와 사랑에 빠진 것 같았다.

우리의 성욕은 무균실 속에서 자라고 있었다.

반에는 인간과 연애하는 아이들이 대여섯 명쯤 있었지만, 그런 부류는 저희끼리 어울렸고, 대부분은 이야기 속 인물과 청순한 사랑을 나누었다.

나 자신도 라피스를 오랫동안 좋아했고, 앞으로도 그러리라 생각했다. 인간을 사랑하기에 내 성욕은 너무나도 결벽했다. 분명 이대로 어른이 될 때까지 인간과 연애하는 일은 없겠지. 그리고 시간이 지나면 인공수정으로 아이를 낳고, 인간이 아닌 존재와 연애하며 가정을 꾸려나갈 것이다. 아무 근거도 없었지만, 그렇게 믿어 의심치 않았다.

내가 다니던 중학교는 의무적으로 서클에 가입해야 했다. 미술부는 서클 활동을 바라지 않는 아이들의 집합소나 마찬가지인 터라 부실에서 그림을 그리는 학생은 거의 없었다. 나도 가입은 했지만, 그림 그리는 걸 좋아하지 않아서 서클에는 거의 나가지 않았다.

미술 과제를 제출하러 미술실을 찾았던 어느 날이었다. 아무도 없는 교실에서 같은 반 미즈우치가 홀로 그림을 그리고 있었다. 문 여는 소리가 났는데도 미즈우치는 눈치채지 못한 듯 진지하게 붓을 움직이고 있었다. 방해하면 안 된다고 생각하면서도 살짝 호기심이 들어 다가간 순간, 나는 화들짝 놀랐다. 미즈우치가 그리고 있던 건 라피스의 모습이었다.

무심결에 책상을 건드렸는지 그 소리에 놀란 미즈우치가 나를 보고는 황급히 그림을 감췄다.

"아…… 미안."

"봤어……?"

미즈우치는 작은 소리로 물었다.

"미안해, 봐버렸어. 그거, 라피스야?"

귀까지 새빨개진 미즈우치가 고개를 푹 숙이며 잠긴 목소리로 말했다.

"맞아. 아무한테도 말하지 말아줄래?"

"안 해. 그나저나 엄청 잘 그린다! 나도 라피스 좋아해. 이거 봐."

늘 카드지갑에 넣어 다니는 사진을 내밀자 미즈우치의 눈이 휘둥그레졌다.

"사카구치도?"

"응. 어린이집에 다닐 때부터 라피스만 좋아했어. 첫사랑이야."

"첫사랑……."

미즈우치는 잠시 망설이더니 "나돈데"라고 중얼거렸다.

나는 신이 났다. 같은 사람을 좋아한다는 건 굉장히 멋진
일이었다. 나와 무척 비슷한 성적 취향을 가진 사람과 만난
기분이었고, 라피스가 나 아닌 사람에게도 사랑받는다는 사
실이 행복했다. 하지만 미즈우치는 괴로운 표정으로 눈을
내리깔았다.

"이 얘기……. 아무한테도 하지 말아줘. 애들한테는 아직
첫사랑도 못 해봤다고 했거든."

"왜? 그게 어때서?"

나는 왜 그래야 하는지 도통 알 수 없었다. 인간을 사랑한
다는 사실을 감추는 건 납득이 갔지만, 라피스를 사랑한다
는 걸 왜 감춰야 하는지 이해할 수 없었다.

"다른 애들처럼 여자를 좋아하면 상관없겠지만……. 나
는 지금까지 라피스밖에 없었어. 이상하지 않아? 같은 남자
인데."

"뭐가 이상해? 내 친구 중에도 같은 여자를 좋아하는 애
가 있어."

"그런가……."

"인간을 좋아하는 애도 있고, 인간이 아닌 존재를 좋아하는 애도 있어. 성별을 신경 쓰는 사람은 없는 줄 알았는데."

"다들 좋아하는 사람 이야기를 자주 하잖아. 나는 그런 것도 영 어색해. 자기 연애를 왜 굳이 남한테 떠벌리는 건지 모르겠어."

나는 놀란 동시에 내 모습이 조금 부끄러워졌다.

"넌 어른스럽구나. 난 라피스 얘기를 여기저기 하고 다녔거든. 좋아하는 감정을 발산하고 싶었나 봐. 소중한 사랑 이야기인데 별생각 없이 떠벌렸어."

"아냐, 내가 유치해서 그래. 당당하게 말도 못 하고……."

"소중하니까 감추고 싶은 거야. 정말 소중한 사람과의 관계는 감추고 싶은 법이지. 진짜 라피스를 좋아하는구나."

미즈우치는 살며시 고개를 끄덕였다.

"나도 다른 애들이 좀 신기하게 느껴질 때가 있어. 다들 좋아하는 사람을 '캐릭터'라고 하잖아. 난 그런 식으로는 말 못 하겠어."

"나도 마찬가지야. 라피스는 라피스잖아. 인간의 장난감처럼 말하기 싫어. 난 속으로 라피스를 '저쪽 세상' 사람이라고 불러."

"'저쪽 세상'?"

"난 라피스가 사는 세상에 갈 수 없어. 함께 싸울 수도 없고. 하지만 언제나 라피스가 사는 세상이 바로 곁에 있는 것 같은 기분이 들어."

"가깝고도 먼 세상이네. '캄캄한 숲' 노래 같아."

"그게 뭐야?"

"옛날 노래야. 어린 시절에 엄마가 틀어줬던 CD에서 들었어."

"그런 노래가 있구나. 정말 그런 느낌이야. 가깝고도 먼 세상에 라피스가 살고 있어. 숨 쉬고 싸우고 있어. 그래서 라피스와 친구들을 '저쪽 세상' 사람이라고 부르는 거야. 또 나나 사카구치 같은 '이쪽 세상' 사람도 라피스 이야기에 푹 빠지는 거고."

"그렇구나……. 그럼 나도 그렇게 부르고 싶어! 따라 해도 되지?"

미즈우치는 쑥스러운 듯 "내가 발명한 말도 아닌걸"이라고 했다.

우리는 가끔 아무도 없는 미술실에서 라피스 이야기를 나누거나 서로의 보물을 보여주곤 했다. 내가 가진 라피스의 사진이나 클리어 파일을 미즈우치가 그린 그림과 교환하기도 했다.

"정말 그래도 돼? 내 그림 따위랑 교환하다니……."

미즈우치는 뺨을 붉히며 망설였지만, 나는 그가 그린 라피스가 좋았다. 미즈우치는 샤프로 그림을 그렸다. 번지게 하거나, 세밀한 선을 가득 넣어서 그린 라피스는 항상 똑바로 앞을 바라보고 있었다.

"미즈우치가 그린 라피스는 늠름한 느낌이라 멋져. 어떻게 이렇게 그림을 잘 그려? 부럽다."

미즈우치는 쑥스러운 듯 대답했다.

"그림을 그린다기보다는 머릿속에 있는 라피스를 연필 끝으로 만지는 거야. 그러면 종이 위에 라피스가 나타나. 난 그를 만지고 싶어서 그림을 그리는 거야."

그 이야기를 들으니 부러운 마음은 더욱더 커졌다. 미즈우치는 그 나름의 방법으로 원하는 때에 그를 만질 수 있는 것이다. 나도 따라 그려봤지만, 쉽지 않았다.

"달랑 한 장만 주면 내가 미안해. 집에도 그림이 많으니까 마음에 드는 건 다 가져가."

"진짜?"

방과 후 미즈우치의 집에 갔더니 옷장 속에 스케치북이
빼곡하게 쌓여 있었다.

"난 사카구치와 달리 재방송을 보고 좋아졌으니까. 그래
서 잡지 스크랩 같은 건 거의 없어. 직접 그리는 수밖에."

"정말 라피스를 좋아하는구나."

불현듯 생각이 들어 나는 미즈우치에게 물었다.

"혹시 라피스하고 섹스한 적 있어? 남자애들은 어떤 식
으로 해?"

"뭐?"

산더미처럼 쌓인 스케치북을 뒤지던 미즈우치가 소스라
치게 놀라 나를 돌아봤다.

"라피스하고? 그게 가능해?"

"어? 못 해?"

미즈우치는 당혹스러운 표정으로 대답했다.

"어떻게 그게 가능해……? 요새는 인간 커플들도 그런
건 안 하는 사람이 많다고 뉴스에서 봤는데."

"그래? 하지만 난 했어."

미즈우치는 안절부절못하는 표정으로 "어떻게?" 하고 물었다.

자세히 설명하자 미즈우치는 난감한 표정을 지었다.

"저기 말이야, 그건 마스터베이션…… 이라는 거 아냐?"

"정말? 하지만 난 '아, 이게 예전에 책에서 본 섹스구나! 라피스와 섹스했어'라고 생각했는데?"

"음……. 그렇게 생각할 수도 있겠지만, 그래도 좀 다른 것 같아. 섹스는 교미를 말하는 거잖아. 최근에는 어른들도 교미는 잘 안 한대. 필요도 없고……."

"그렇구나……."

라피스와 하나가 되었다고 생각했는데, 아니라는 말을 들으니 한없이 침울해졌다.

"난 커서 의사가 되고 싶어. 남자도 임신이 가능해지도록 인공수정과 인공자궁 연구를 할 거야."

"굉장하다."

"그러면 누구나 혼자 임신할 수 있겠지. 굳이 다른 가족을 만들 필요가 없어. 난 크면 라피스와 살 거야. 라피스가 있는 집에서 내가 아이를 낳아 키우고 싶어."

"벌써 그런 생각까지 하다니……. 존경스러워. 정말 한결

같이 라피스만 생각하고 좋아하는구나.”

미즈우치는 당혹스러운 듯 말했다.

“너도 정말 라피스를 사랑하고 있다는 게 느껴져…….”

“나는 좀 이상한 애인가 봐. 라피스와 섹스했다고 생각했
는데 결국 아니었잖아…….”

힘없이 말하자 미즈우치는 당황한 듯 부정했다.

“분명 네가 그렇게 생각했다면 그런 거겠지.”

그때 몸속의 장기가 욱신거리더니 익숙한 감각에 기분이
이상해졌다. 처음으로 인간에게 발정을 느꼈다는 사실을 알
아챈 건, 그날 미즈우치와 헤어져 집으로 돌아오던 길이었다.
내 얼굴을 들여다보던 미즈우치와 마른 입술을 적시던 그의
혀가 선명하게 떠오르며 장기가 욱신거렸다.

그래, 이건 발정이야. 그것을 깨달은 나는 통학로에 멍하
니 서 있었다. 이 아픔은 분명 라피스가 나에게 준 것과 같은
아픔이었다.

집으로 돌아온 나는 냉장고 문을 열고 엄마가 만들어 넣
어둔 반찬 통을 꺼냈다. 엄마는 직장을 다녔기 때문에 저녁
에는 늘 혼자였다. 엄마의 영혼이 지문처럼 덕지덕지 묻은
집에서 엄마의 얼굴을 안 봐도 되니까 오히려 안도감이 들

었다.

　혼자의 몸으로 나를 키워준 엄마에게 감사하는 마음을 가져야 한다고 생각하면서도, 엄마가 만든 음식을 먹고 있노라면 이유도 없이 토기가 치솟을 때가 있었다. 오늘도 반찬통에 든 피망 완자와 감자 샐러드, 계란말이를 보고 있으려니 구역질이 났다. 그 느낌이 낮에 느꼈던 발정과 섞여 내장을 불쾌하게 뒤흔들었다. 먹고 싶지 않아서 통에 든 반찬을 화장실 변기에 쏟아 버렸다. 배는 고팠지만 아무것도 먹고 싶지 않았다.

　나는 이 집의 저주를 받은 걸까. 빨려 들어가는 계란말이와 피망을 보며 어렴풋이 그런 생각을 했다.

　엄마는 자신이 믿는 본능을 내 몸에 심으려 한다. 하지만 그와는 다른, 내 진짜 본능이 분명 어딘가에 있을 것이다. 지금까지는 그것이 라피스를 향한 발정이라고 믿었다. 내 발정이 세상의 상식과 부합한다는 사실에 안도감을 느꼈다.

　하지만 그게 아닐지도 모른다. 내 몸 깊숙한 곳에는 엄마의 말대로 사랑하는 사람과의 교미, '가족'인 '남편'과 근친상간해 아이를 갖고 싶은 본능이 숨어 있을지도 모른다. 세상의 질서와 어긋난 발정이 몸속에서 꿈틀거리기 시작하면,

나는 그에 휘둘려 살아갈 수밖에 없는 게 아닐까.

아무리 잔혹한 진실이라고 해도 상관없었다. 나의 진실이 알고 싶었다. 엄마가 심어놓은 것도, 세상에 맞춰 발생시킨 것도 아닌, 내 몸속 진짜 본능을 터뜨리고 싶었다. 내 발정의 형태를 확인하고 싶었다. 그러기 위해서는 미즈우치와 '섹스'를 해보는 수밖에 없다고 생각했다.

그걸 했을 때 아이를 가지고 싶다고 생각할지, 그렇지 않을지, 그것이 어떤 것인지 모든 것을 폭로하고 싶었다. 그걸 위해서는 무슨 짓을 해도 상관없었다.

화장실에서 나온 나는 이 갑갑함에서 벗어나려는 듯 셔츠 단추와 하의 지퍼를 풀고 침대에 쓰러졌다. 어떻게 하면 미즈우치를 내 몸속으로 끌어들일 수 있을까. 그것만 생각했다.

나와 미즈우치가 섹스한 건 그로부터 반년 이상 지나서였다. 그 행위를 나와 미즈우치의 섹스라 불러도 되는지 모르겠지만. 미즈우치가 토해내고 싶었던 건 어디까지나 라피스를 향한 열정이었다.

처음에 내가 스스로의 행위를 털어놓고 나자, 미즈우치도 마음을 열었는지 자신의 몸에 대해 이것저것 상담해왔다. 미즈우치도 나처럼 라피스를 생각하면 몸에 열이 오른다고 했다.

내 몸은 늘 미즈우치에게 반응했다. 하지만 이 사실을 그가 알아채지 못하게 숨겼다. 유미나 다른 아이들은 인간과의 연애가 더럽다고 했지만, 나는 그렇게 생각하지 않았다. 오히려 내 성욕은 미즈우치를 통해 더욱더 정제되고 순도를 더해가는 듯했다.

"라피스와 하나가 될 수 있다면 얼마나 좋을까."

미즈우치가 한숨을 쉬며 내뱉은 말을 나는 놓치지 않았다.

"해볼래?"

"어? 그렇지만 네 '섹스'는…… 그냥 혼자서 하는 거잖아……."

"그러니까 둘이서 해보자. 우리를 라피스에게 바치는 거야. 섹스는 그런 의식이래. '저쪽 세상'처럼 멀리 떨어진 세상 사람에게도 감정을 전할 수가 있어. 라피스를 사랑하는 우리 둘이서 섹스를 하면 라피스도 기뻐하지 않을까."

내 거짓말에 미즈우치는 관심을 보이는 눈치였다.

"진짜? '저쪽 세상'에도 우리의 진심이 전해질까?"

"응. 책에서 읽었어. 어른들은 모두 그런다고. 우리도 해보자."

감언이설로 꾀어내어 미즈우치가 마음을 정할 때까지는 한 달이라는 시간이 걸렸다.

가을이 지나가고, 다음 날부터 중학교 1학년 겨울 방학이 막 시작되려던 날이었다. 우리는 종업식이 끝난 후 아무도 없는 미술실에서 라피스 이야기를 했다.

"이렇게 라피스를 생각하면 가슴이 두근거려. 넌?"

"나도 심장이 뛰어."

"맥박은?"

"재볼까."

미즈우치의 손목에 불거진 혈관을 누르자 세차게 뛰는 맥박이 느껴졌다.

"엄청 뛰는데?"

"라피스를 생각하면 항상 이래."

"전에 말한 그거, 해보자. 나도 라피스를 생각하면 가슴이 아려. 미즈우치 너하고 한다면 라피스에게 애정을 바치는 '의식'을 치를 수 있을 것 같아."

"그럴 수 있을까……."

미즈우치는 고개를 갸웃거렸지만 부정하는 것 같지는 않았다. 나는 힘주어 다시 설득했다.

"하자. 우리 마음을 라피스에게 전하는 거야. 라피스를 생각하며 몸을 '어른의 상태'로 만들면 돼. 그러면 된다고 책에서 봤어."

"어른의 상태가 뭔데?"

"맥박이 더 빨리 뛰는 거 아냐?"

"죽지는 않겠지?"

"나도 몰라."

이대로 집에 가자고 조르자 미즈우치는 순순히 따라왔다. 마치 유괴범이 된 기분이었다. 종업식은 평일이라 엄마는 집에 없었다. 우리는 도중에 도서관에 들러서 빌려온 성교육 책을 열심히 읽었다. 그리고 책에 나온 것처럼 해보기로 했다. 성교육 책에는 애무에 대한 내용이 거의 없었기 때문에 우리는 곧바로 삽입에 도전했다.

남자의 몸은 무척 단순했고 성기도 쉽게 알아볼 수 있었다. 미즈우치는 이미 사정 경험이 있는지 마술처럼 금세 발기했다. 그것을 삽입하면 된다는 사실은 알고 있었지만, 문제는 나였다. 책에 단순명쾌한 삽화로 설명되어 있는데도 막상 거울로 실물을 들여다보자 난생처음 보는 생물이 사타구니 사이에 자리 잡고 있었다. 이 기묘한 광경과 책 속 삽화를 번갈아 봐도 뭐가 뭔지 이해가 되지 않았다.

"좌우간 여기 '질 입구'라는 곳을 찾으면 되는 거지?"

"응, 근데 어디에 있는 거야? 도통 찾을 수가 없는데……."

우리는 상의하며 '질 입구'를 찾았다.

미즈우치가 잘 모르겠다고 해서 내가 직접 거울로 비춰봤지만, 내 몸인데도 어디인지 알 수 없었다.

"거기 아냐?"

"그건 오줌 나오는 구멍 아닐까?"

"여긴가? 손가락이 들어가는데……."

"이런 데 정말 들어가겠어?"

내 몸에 이런 영문 모를 장소가 존재하는 줄 몰랐다. 아닌 것 같기도 했지만, 거기밖에 짐작 가는 데가 없었기에 시행착오를 거치며 삽입을 시작했다. 손가락이 들어가는 그 신기한 틈새는 잠깐만 시선을 돌리면 금세 어딘지 알 수 없어졌다. 몇 번의 실패를 거듭한 끝에 간신히 몸속에 미즈우치의 일부를 받아들일 수 있었다.

"겨우 성공했네."

"이게 맞는 걸까?"

우리는 상의까지 하며 노력했지만, 결국 그날은 거기서 끝이 나버렸다.

미즈우치가 사정한 건 그 다음번이었다.

그가 숨을 멈추고 몸에 힘을 주자 끈적거리는 무언가가 몸속으로 흘러 들어오는 느낌이 났다.

"내 몸은 의식이 끝났나 봐."

미즈우치는 그렇게 말하며 내 몸에서 성기를 빼냈다.

"아직도 뭐가 나와."

전부 배출하지 못했는지 미즈우치의 성기에서는 아직도 투명한 액체가 흘러나왔다. 나처럼 피임 시술을 받았기 때문에 미즈우치에게서 나온 건 투명한 물이었다. 도서관에서 본 책에는 '피임 시술을 받지 않은 성기의 외뇨도 입구에서 하얗고 불투명한 액체가 나온다'라고 적혀 있었기에 자료에 없는 그 투명한 액체가 우리는 그저 신기할 따름이었다.

손에 묻은 걸 핥아보니 희미하게 약 냄새가 났다.

"이건 왜 나오는 걸까?"

책에서 읽었는데도 우리는 옛사람들의 수정 시스템을 제대로 이해하지 못하고 있었다.

"나도 몰라. 하지만 나오면 기분이 좋아진다며. 그것 때문 아닐까?"

"하지만 침대가 더러워지잖아. 안 나오면 좋겠는데."

미즈우치는 성가신 듯했지만 나는 그 신기한 액체가 재미 있었다. 나에게서는 나오지 않는 것이라 나는 미즈우치에게 꼬치꼬치 캐물었다.

"어떤 기분이야? 뜨거운 느낌? 오줌 눌 때랑은 달라?"

"응. 이게 나오면 순간적으로 기분이 날아갈 것처럼 좋아 졌다가 다시 몸이 스르륵 잠잠해져."

"진짜? 신기하네."

"넌? 어떻게 하면 몸이 잠잠해져?"

"글쎄, 모르겠어."

내 몸은 아직 미즈우치처럼 열을 띨 정도로 발달하지 않 았는지도 모른다. 라피스와 '섹스'했을 때처럼, 무언가가 몸 속에서 터져 나가는 듯한 기분을 미즈우치와의 행위에서는 느끼지 못했다. 그래서 나는 아직 그의 말뜻을 제대로 이해 할 수 없었다.

"미즈우치는 어떤 식으로 몸이 들끓어?"

"들끓는다고 해야 하나……. 잘 표현은 못 하겠는데, 솜털

을 잡아당기는 것처럼 온몸이 찌릿찌릿하면서 기분이 이상
해져."

미즈우치는 진지하게 설명했다. 그날부터 우리는 여러 차
례 섹스라는 것을 했지만, 나는 아픔과 약간의 안도감 말고
는 여전히 아무것도 느끼지 못했다.

마음 한구석에서는 안심하고 있었다. 미즈우치와 굳이 섹
스를 하려고 했던 건 제 발정의 형태를 알려는 목적도 컸다.
어릴 적에 엄마가 반복해서 들려준 것처럼, 언젠가 '인간'과
교미해 아이를 낳으려는 충동에 휩싸이는 게 아닐까 하는
생각이 들자 두려웠다. 미즈우치를 좋아하게 된 것도 그 징
후일지도 모른다는 생각에 끔찍했다.

하지만 막상 섹스라는 걸 해보니, 엄마가 갖고 있던 낡은
책에서 본 것처럼 아이를 가지기 위한 교미와는 거리가 멀
었다. 몸보다는 뇌와 가까운 그 감각에 나는 안도감을 느꼈
다. 내 본능이 이 세상의 형태를 띠고 있다는 사실에 공포가
누그러졌다.

둘이서 몸을 탐험하는 듯한 그 감각이 흥미로워서 그 뒤
로도 나는 몇 번인가 미즈우치를 집으로 불러들였다. 그리

고 그때마다 내 발정의 형태를 확인했다.

엄마는 아빠와 교미를 해서 나를 가졌다. 그 의미를 어른
이 되어서야 이해했지만, 그만큼 불쾌감은 더해갔다.

자연히 나는 '평범한 연애'에 열중했다. 중학교를 졸업하
고 미즈우치는 사립학교로, 나는 공립학교로 진학했다. 연
락도 점차 뜸해지다 어느샌가 완전히 끊겼다. 그 무렵, 나는
새로운 사랑에 빠져 있었다. 새로운 연인은 팔에 찬 팔찌로
변신해 세계 평화를 지키는 정의의 용사였다.

'저쪽 세상' 남자아이와 인간 남자, 나는 양쪽 모두와 사
랑에 빠졌다.

그 두 종류의 사랑은 비슷한 점도 많았지만, 다른 점도 많
았다. 인간과의 사랑에는 맛과 냄새가 존재했다. 나는 인간
의 정액을 마시거나 땀 냄새를 맡았다.

인간과의 연애는 마취된 듯한 기분이어서 유미의 말처럼
불쾌함을 그다지 느낄 수 없었다. 그 불쾌함까지도 왠지 모
르게 신비로웠다.

이야기 속 인물과의 사랑은 오롯이 자기 육체와의 대화였
다. 나는 온몸의 아픔과 보고 싶다는 굶주림에 시달렸다. 그

아픔과 허기가 늘 애틋했다.

어떤 사랑이든 상대를 떠올리면 자궁이 욱신거렸다. 그 아픔에 휘둘리듯 어떤 상대와도 나는 '섹스'를 했다. 어릴 적 엄마가 가르쳐준 '사랑해서 아이를 낳는다'가 아닌, 다른 형태의 내 발정을 몇 번이고 시험해보고 싶었다.

나와 연인의 삽입은 언제나 고요해서 교미와는 거리가 멀었다. 번식과는 상관없는 부분을 사용해 섹스를 하는 자신과 만나기도 했다. 그 사실을 확인하면 안심이 됐다.

인간 연인 중에는 섹스라는 걸 해본 적 없는 사람이 많았다. 거의 대부분이 그랬을지도 모른다. 미즈우치와 찾아낸 '질 입구'를 설명하면 다들 경악했으니까.

고등학교에 들어가자마자 사귄 미술 선생님도 그랬다.

"선생님은 왜 섹스를 안 해봤어요?"

"음, 딱히 할 필요가 없었으니까? 넌 특이해. 요즘 애들은 우리 세대보다 더 안 한다고 들었는데."

"그래요?"

"수업시간에 배웠잖아. 전쟁 전에는 교미를 하는 게 일반적이었지만, 성인 남자들이 전쟁터로 끌려가면서 인공수정 연구가 비약적으로 발전했다고. 미래의 전력인 아이를 많이 만들어야 하니까. 그 결과로 인간은 굳이 동물처럼 교미할 필요가 없게 되었고, 더욱 고차원적인 동물이 되었지."

"그건 나도 알아요……. 그래도 연애를 하다 보면 섹스하고 싶을 때도 있잖아요."

"뭐, 그런 사람도 있겠지만, 기본적으로 섹스는 과거에 했던 교미의 흔적이니까. 애인이 생겨도 성욕은 혼자 처리하는 사람이 훨씬 많아."

그의 말대로 이제는 교미를 흉내 내는 사람조차 거의 없었다. 위 세대의 이야기를 들은 적은 있지만, 우리 세대의 대부분이 성욕은 스스로 처리하는 것이라 생각했다.

"선생님, 이 세계의 평행세계를 상상해본 적 있어요? 인공수정이 이렇게까지 발달하지 않았다면, 모두 아직 교미를 하고 있었을까요?"

"마지못해 그랬겠지. 번식할 방법이 그것밖에 없다면 원시적인 방법으로 교미할 수밖에 없으니까. 하지만 그런 상상이 무슨 의미가 있을까? 인류는 진화했는데."

선생님은 별난 소리를 다 한다는 듯 웃으며 내 머리를 쓰다듬었다.

꼴좋다. 그런 생각이 들었다. 이렇게 섹스는 사라질 것이다. 엄마가 지켜온 낡은 세계는 이제 사라져가고 있었다.

세계는 급속히 변하고 있었다. 나는 그 변화가 편안했다.

고등학교에서 같은 반, 같은 서클이었던 주리와는 금방 친해졌다. 주리는 혼혈인가 싶을 정도로 뚜렷한 이목구비의 미녀로, 마스카라를 바르지 않아도 될 만큼 커다란 눈이 인상적이었다. 속눈썹과 눈동자는 그윽하고 선명한 검은색이었고 눈가는 늘 비에 젖은 듯 촉촉했다.

사람들의 이목을 끄는 그 미모로 다른 학교 남학생들에게 고백을 받기도 했지만, 주리는 불퉁하게 거절했다. 털털해서 말 걸기도 쉬운 성격인데다 나와 이야기가 잘 통해서 같은 미술부에 들어가 매일같이 붙어 다녔다. 전시회가 있을 때를 빼면 미술부 활동은 대체로 한가했다. 선배들조차 땡땡이를 치는 가운데, 열심히 그림을 그리는 주리와 단둘이서 수다를 떨며 미술실을 독차지한 적도 종종 있었다.

그날도 나는 미술실에 있는 도자기 책을 읽으며 선배가 두고 간 과자를 집어 먹고 있었다. 주특기인 수채화를 그리던 주리는 미술실에 숨겨놓은 포트를 꺼내 물을 끓이더니 티백을 넣어 나에게 건넸다.

"고마워."

재스민 향이 나는 차를 건네주면서 불현듯 주리가 숨죽여 물었다.

"남자친구 사귀어본 적 있어?"

나는 뜻밖의 질문이라 그녀를 쳐다보았다. 주리는 주변 아이들이 사랑 이야기를 할 때면 늘 지루한 표정을 짓거나 볼일이 있다며 먼저 돌아가곤 했다. 그래서 그런 이야기를 별로 좋아하지 않나 보다 했었다.

"있어."

그때는 이미 선생님과 헤어진 뒤였지만, 다른 애인이 있었다.

주리는 놀란 눈치였다.

"그냥 남자 사람 친구 말고 애인 말하는 거야."

"응. 처음 사귄 사람도 그렇고, 두 번째 사람도 애인이었어. 섹스도 했고."

"허, 너 섹스해본 적 있어?"

"응."

"몇 살 때?"

"초등학교 5학년 때."

주리는 순간 놀란 표정을 지었지만 곧 의아하다는 듯 물었다.

"정말 섹스 맞아? 남자친구는 어떤 사람이었는데?"

"너도 알 거야. 당시에 엄청 유행했거든. 이름은 라피스, 은발에 파란 눈을 한 7,000살의 불로불사 소년이야."

주리는 안도한 듯 말했다.

"뭐야, 애니메이션 캐릭터잖아."

"육체관계도 맺었는데? 라피스가 너무 좋아서 어느 날 열쇠고리를 입에 넣은 적도 있어."

"그게 성행위라고? 설령 거기서 더 진전이 있었더라도 그건 그냥 자위행위야."

"그런가."

"애니메이션 캐릭터는 결국 보는 사람에게 발정을 일으켜서 유사연애를 하게 하는 도구일 뿐이야. 넌 그 도구를 이용해 유사연애와 자위를 한 거고."

첫사랑이 도구라고 불리자 약간 발끈한 난 입을 꾹 다물었다.

내 기분을 알아챈 주리가 달래듯 말했다.

"미안해. 너한테는 중요한 일인데. 하지만 앞으로도 그런 소리는 안 하는 게 좋아. 남들이 보기엔 섹스가 아니라 마스터베이션이니까."

"알았어……."

주리는 미즈우치와 같은 충고를 했다. 나는 순순히 고개를 끄덕였다.

"그럼 두 번째도 애니메이션 캐릭터였겠네."

"아니, 인간이야. 중학교 1학년 때 같은 반 남자애였어. 걔하고도 섹스했어."

주리는 경악한 표정으로 정말 성기를 삽입했는지 꼬치꼬치 캐물었다. 있는 그대로 설명하자 "섹스 맞네" 하고 떨떠름한 표정을 지었다.

"그런 불결한 짓을 용케도 했군."

"불결해? 좋아하는 사람의 입술과 성기는 세상에서 제일 깨끗해 보이던데?"

주리는 어처구니없다는 얼굴이었다.

"넌 연애 체질이구나. 뭔가 어려 보였는데 의외야."

그렇게 중얼거리더니 빈 머그잔에 다시 차를 따랐다.

"연애 체질? 그런가?"

듣고 보니 나는 쉼 없이 연애를 하고 있었다. 어린이집에 다닐 때부터 지금까지, 상대가 인간이든 아니든 사랑을 했고 육체에 끌려다녔다. 연애와 육체는 서로 연동하니까.

"난 그런 거 상상도 못 하겠어. 평생 연애 같은 건 하고 싶지 않아. 아이는 낳고 싶으니까 결혼은 할지도 모르지만, 섹스는 평생 안 할 거야."

"그렇구나."

고등학교에서도 인간과 연애하는 아이들은 얼마 없었고, 연애를 해도 섹스는 안 하는 경우가 대다수였다. 같은 반 여자애들은 대부분 처녀였다. 미카도 에미코도 캐릭터에 푹 빠져 인간 남자애와는 사귀어본 적이 없다고 했다.

주리는 냉랭한 어조로 말했다.

"인간과 연애하고 번식할 필요가 없어졌으니까 성욕 처리를 위해 수많은 캐릭터를 만들어낸 거야. 그것들은 우리의 성욕을 처리하기 위한 소모품이지. 다들 그걸로 만족하고 있고. 조만간 섹스 같은 걸 굳이 찾아서 하는 사람도 사라질 거야. 비위생적이잖아."

"그런가?"

"머지않아 섹스도, 연애도 이 세상에서 없어질 거야. 인공수정으로 아이를 가질 수 있는데 뭐 하러 굳이 그런 짓을 하겠어."

주리의 말대로 섹스를 하는 사람이 줄어들고 있다는 뉴스를 얼마 전에도 봤다. 우리 세대의 80퍼센트가 섹스 경험이 없는 채 성인이 될 것이라고 했다. 설령 인간끼리 만나 애인이 되어도 요즘 사람들은 성기의 결합에 그다지 집착하지 않는다고 했다. 필요 없기 때문이다.

하지만 나는 인간과 연애할 때는 늘 상대의 페니스를 내 질에 넣었다. 선생님과 헤어지고 나서도 인간 애인으로서는 세 번째, 인간이 아닌 존재까지 포함하면 스물여덟 번째 애인과 그런 성행위를 했다. 딱히 성기에 집착하는 건 아니었는데도 왠지 모르게 늘 그런 충동이 들었다. 그래서 섹스가 줄어들고는 있지만 완전히 사라지지는 않을 것이라 막연히 생각했다. 물론 이 사실을 굳이 입 밖으로 내지는 않았다.

그런 나를 경멸하는 듯한 말투로 주리는 말을 이었다.

"너도 수많은 '캐릭터'를 이용하고 버렸잖아. 네 마스터베이션을 위해서. 하지만 차라리 그게 나아. 섹스보다 훨씬 청결하니까."

"그런 식으로 생각해본 적 없어. 나는 사랑을 할 때 한 번 쓰고 버린다는 생각은 안 해. 평생 좋아한다고. 그러니까 사랑이지. 몸속에 늘 사랑의 결정이 있어. 그러니까 한 번 좋아하면 영원히 연인이야."

"아마네, 어린애 같은 소리 그만해. 캐릭터는 오로지 우리 성욕을 자극해서 아랫도리 놀음에 공헌하기 위해 만들어진 우상이라니까? 연인이라고 부르지 마, 소름 끼쳐."

나는 방 안에 놓아둔 가방 속에서 파우치를 꺼내 주리 앞에 섰다.

"뭐야……. 이게 뭔데?"

나는 말없이 안에서 열쇠고리와 래미네이트로 가공한 사진들을 하나씩 꺼내 주리 앞에 늘어놓았다.

"라피스야. 내 첫사랑이고, 나에게 처음으로 사랑을 알려줬지. 이건 킬트. 정의감이 투철한 소년이고 자기 뜻을 굽히지 않고 살아가는 게 얼마나 중요한지 알려줬어. 이쪽은 미도리 류우스이 님. 어릴 때부터 힘든 일을 많이 겪었지만, 아무도 원망하지 않고 모든 이에게 다정한 사람이야. 남의 마음을 배려하는 게 얼마나 멋진 일인지 가르쳐줬지. 이쪽은 비르마. 비밀이 많은 사람이지만, 사실은 주인공을 위해서 목숨을 걸고 홀로 싸우고 있어. 나에게 우정이 얼마나 숭고한 것인지 알려준 사람이야. 이쪽은……."

어처구니없는 표정을 한 주리 앞에서 '저쪽 세상'에 있는 스물다섯 명의 연인을 모두 소개한 나는 그녀를 똑바로 바라보았다.

"그들을 사랑하면서 나는 인간에게 중요한 것이 무엇인지 배웠어. 내 소중한 일부야. 절대 도구라고 생각 안 해. 모두 내 소중한 연인이고, 영웅이야. 이들과의 사랑을 통해 나는 내가 됐어. 내 형태를 갖추기 위해 그들이 필요했고, 앞으로도 그럴 거야. 그리고……."

목이 메었지만 나는 안간힘을 다해 말을 이었다.

"괴로울 때도 슬플 때도 그들의 존재가 나를 구해줬어. 우린 함께 살아왔어. 앞으로도 쭉 함께 살아갈 거고. 소중한 연인이자 친구야. 그들을 나쁘게 말하지 마."

이런 소리를 하는 사람은 친구들 중에도 없었다. 나처럼 '저쪽 세상' 사람을 사랑하는 친구들도 '캐릭터'라 부르며 그들을 비하했다. 하지만 나는 내 뜻을 굽히고 싶지 않았다.

라피스는 이깟 일로 기죽지 않을 거야. 그렇게 생각하며 자신을 다독였다. 마음속에 소중히 간직해왔던 부분을 꺼내 보인 게 부끄러워서 그 자리에 버티고 서 있는 게 고작이었다.

"……."

주리는 한동안 아무 말도 않다가 조용히 입을 열었다.

"그럼 그 스물다섯 명의 연인은 주머니 안에 잘 넣어둬."

"……?"

무슨 뜻인지 알아듣지 못하고 고개를 들자, 긴 속눈썹을 올려 내 연인들을 바라보는 주리가 보였다.

"사람들은 소중한 걸 보여주면 쉽게 짓밟거든. 그 정도로 그들이 소중하다면 잘 넣어두도록 해."

주리는 이 일이 있고 난 뒤에도 연애에 푹 빠진 아이들을 우습게 봤지만, 나에게는 그런 소리를 하지 않았다.

"나는 그때도 이해를 못 했고, 여전히 이해는 안 가. 그런데 그때 네 표정이 정말 귀기 어렸었다니까. 분명 내가 모르는 뭔가가 있는 거겠지. 알고 싶지도 않지만."

차갑게 내뱉으면서도 어느 정도 이해해주는 주리가 고마웠다. 주리에게는 숨기는 것 없이 내 사랑을 이야기했고, 그녀도 나에게만 자신의 장래 계획을 털어놓았다. 우리는 가장 깊숙한 속내까지 보여주는 사이가 되어, 고등학교를 졸업한 뒤에도 계속 연락을 주고받았다.

그 후로도 나는 인간과 또 인간이 아닌 존재와 여러 번의 연애를 거치며 어른이 되었다.

하루라도 빨리 집에서 탈출하고 싶었지만, 아르바이트만 해서는 독립이 불가능했고 엄마는 좀처럼 나를 품에서 떼어놓으려 하지 않았다. 대학을 졸업하고 취직한 뒤에야 독립의 꿈이 이루어졌다.

직장은 니혼바시의 오래된 빌딩에 있는 곳으로 공사용 비계나 파이프 같은 건설자재를 납품하는 회사였다. 자리를 잡고 나자 아이를 갖고 싶다는 생각이 들어서 단체 미팅에서 만난 남자와 스물다섯에 결혼했다.

하지만 첫 결혼은 오래가지 못하고 이내 이혼하고 말았다. 남편과는 서로의 경력을 생각해서 내 스물여덟 살 생일에 인공수정을 할 계획이었다. 남편에게는 따로 연인이 있었기에, 우리 결혼식에는 내 연인과 남편의 연인이 참석해 축하해주었다.

그는 내 머리를 쓰다듬는 걸 좋아했다. 둘 다 영화를 좋아해서 자주 함께 보곤 했는데 그때 내 머리를 쓰다듬으며 영화를 보는 게 남편의 버릇이었다. 그러던 어느 날 사건이 터졌다. 개를 쓰다듬는 듯했던 그의 손길이 느닷없이 성적인 것으로 바뀐 것이다.

조금 전까지와는 다른 의미로 움직이기 시작한 손에 이상하네, 기분 탓인가, 하고 넘기려 했지만 갑자기 엉덩이와 가슴을 주무르는 것이 아닌가. 당황해 일어서려는 순간, 꼿꼿이 선 남편의 성기가 무릎에 닿았다.

나는 망연자실할 따름이었다. 설마 '가족'에게 욕정을 느낄 줄이야. 비명을 지르려는 찰나, 남편의 입이 내 입을 막았고 입안으로 들어오는 혀를 느끼자 욕지기가 치솟았다. 남편의 입에 토사물을 쏟아낸 나는 놀란 그를 밀치고 화장실로 달려갔다.

토하고, 또 토했다.

그 길로 경찰서에 달려가 남편이 날 덮쳤다고 말하자 경찰도 놀란 눈치였다. 경찰 보호를 받으며 진정될 때까지 집에 가지 않는 것이 좋겠다는 조언을 들은 나는 일단 주리의 집으로 피신했다. 엄마가 남편 편을 들지도 모른다고 생각했던 까닭이었다. 주리는 고소하라고 했지만, 남편의 얼굴을 보는 것도 고역이었기 때문에 그렇게까지 하지는 않았다. 저렴한 원룸을 구한 뒤 평일에 휴가를 내고 남편과 살던 집에서 내 물건들을 가져다 혼자만의 생활을 시작했다.

이혼은 시부모와 엄마를 포함한 가족 모두가 모여 결정했다. 시부모는 남편을 비난했다.

"보통 그런 건 밖에서 하는 일이잖니. 다른 사람도 아니고 부인과 성행위를 하려 들다니."

그는 시종일관 고개를 숙이고 있었다.

남편을 비난하는 분위기 속에서 엄마만 "그럴 수도 있죠" 하고 냉정한 태도를 보였다.

이혼이 성립된 뒤에도 한동안 연애할 마음이 들지 않았다. '더럽혀진' 나를 위로해주는 건 어릴 적부터 사랑해온 '저쪽 세상'의 연인들뿐이었다. 그 연인들의 존재가 나를 정화해주었다. 속이 울렁거려서 앞으로 인간과의 연애는 불가능할 것 같았다. 하지만 이대로 연인들과 무균실에서 살아가리라 생각하면서도 마음 한 켠에는 아이를 낳고 싶다는 막연한 동경이 자리 잡고 있었다.

그렇지만 혼자 아이를 키우는 건 경제적으로 어려울 터였다. 아이를 포기하려던 나에게 주리는 강한 어조로 말했다.

"살면서 해보고 싶은 건 다 해봐야지. 괜찮아, 아내와 근친상간하려는 변태가 여기저기에 널려 있는 건 아니니까.

찾아볼 수 있는 데까지는 찾아보자. 그러고 나서 결정해도 늦지 않아."

열띤 설득으로 나는 서른한 살에 또다시 단체 미팅에 나갔다.

"한 번 실패했으면서 굳이 왜 또?"

다른 친구는 그렇게 말했지만, 주리의 굳센 말이 나에게 용기를 북돋아주었다.

나처럼 배우자를 찾는 친구와 함께 단체 미팅에 참석하여 만난 사람이 지금의 남편이었다.

'30대 한정, 아이 원함, 맞벌이 원함, 집안일 완전 분담 원함, 도쿄 맨션 구매 원함, 연봉 400만 엔 이상 원함, 집에 애인을 데려와서 성적인 행위를 하는 것은 금지.'

이러한 조건의 '인기 1위! 30대 한정, 스탠더드 소개팅'이라는 이름의 단체 미팅에 신청서를 넣었다. 가장 무난하고 인기 있는 단체 미팅이라 초보자도 부담 없이 참석할 수 있었고 참가자도 많았다.

사전에 집안일은 요리와 청소 중 어느 쪽을 선호하는 상대가 좋은지, 아침에 어떤 방송을 보고 싶은지, 식사 시간에 텔레비전을 보는 스타일인지, 언제쯤 잠자리에 드는지, 침실은 따로 쓰고 싶은지 등의 세세한 희망 사항을 입력하면, 95퍼센트 이상 조건이 맞는 사람에게는 별 표시가 뜬다. 남편은 별 표시가 뜬 세 명 중 한 명이었다.

나보다 한 살 아래인 남편은 셋 중에서 가장 깔끔한 느낌이라 같이 살아도 불편하지 않을 것 같았다. 의식주 중에서 먹는 데 돈을 아끼지 않는 것, 옷과 주거에는 그다지 관심이 없는 것, 신년과 여름휴가에는 해외여행을 가지 않고 집에서 쉬는 걸 선호하는 것도 내 취향과 맞아떨어졌다.

같이 간 친구는 일 년에 한 번 해외여행을 한다, 잘 때는 불을 끈다, 청소는 로봇청소기로만 한다 등 인기 있는 조건만 고른 탓인지 별 표시가 뜬 사람이 열두 명이나 있어서 결국 한 명을 고르지 못했다. 그런 의미에서 나와 남편은 운이 좋았다.

"처음 뵙겠습니다. 아마미야 사쿠朔입니다."

"처음 뵙겠습니다. 사카구치 아마네雨音입니다. 이름이 멋지네요."

"제가 초하룻날에 태어났거든요. 대충 지은 이름이죠."

"저도 비 오는 날에 태어나서 아마네라 지었대요. 저랑 똑같군요."

대화는 한 사람당 3분씩이라 남편과의 대화는 이 정도에서 끝났지만, 첫인상은 나쁘지 않았다. 다른 사람들은 그다지 기억에 남지 않았기에 제1지망에 남편의 번호를 썼고, 커플이 되어서 연락처를 교환했다.

휴일에 만나 식사를 한 뒤 세 번째 만났을 때 결혼을 결정했다. 결정을 내리는 계기가 되어준 건 첫 번째 결혼 이야기를 자연스럽게 할 수 있었기 때문이었다.

이혼 경력이 있다는 것과 그 사정을 설명했을 때, 남편은 미간을 찌푸리며 말했다.

"기가 막히네요. '가족'에게 성행위를 하려 들다니."

그러고는 조금 생각에 잠겼다가 조심스레 말을 이었다.

"혹시 아직도 그 일 때문에 괴로우시다면 강요는 하지 않겠지만, 자세한 이야기를 들려주실 수 있을까요? 아픔을 함께 지고 가는 것도 가족의 역할이라 생각하거든요."

나는 남편과 함께 카페에서 홍차를 마시며 당시 일을 숨김없이 털어놓았다. 이야기를 끝까지 들은 남편은 속이 울렁거리는지 화장실로 달려가 구토를 했다.

나는 남녀공용 화장실의 장애인 칸에서 구토하는 남편의

등을 문질러줬다.

"미안합니다, 아마네 씨가 제일 힘들 텐데……."

진땀을 흘리며 남편은 연신 사과했다.

"듣기만 해도 토기가 올라와서……. 부부가 섹스를 하다니, 그런 끔찍한 일이……."

피해자는 나인데 자기가 이렇게 호들갑을 떨어서 미안하다고 진심으로 사과하는 모습을 보자 이 사람이라면 문제없다고 생각했다.

그리고 그와 나는 가족이 되었다.

재혼하고 우리는 히가시니혼바시에 집을 구해 신혼 생활을 시작했다. 남편은 회사가 집에서 멀어 출퇴근이 고되다고 했지만, 역에서 가깝고 볕도 잘 들었다.

인공수정은 내가 서른다섯 살이 되면 하기로 했다. 장차 주택 구매를 위해 적금도 들었다. 모든 것이 순조로웠다. 엄마에게 그렇게 말하자, "너무 순조로운 결혼 생활이라니, 좀 께름칙하네"라며 농담처럼 대꾸했다.

2

잿빛 거리는 비가 내리면 검게 물든다. 나는 빗물에 젖은 아스팔트 길을 걸었다.

밤이라 물웅덩이가 먹물처럼 보였다. 가로등이 비친 곳만 뿌옇게 밝은 회색으로 물들어 있어서 마치 수묵화 속을 걷는 듯했다.

집에 돌아오자 불이 켜져 있었다. 남편이 있는 모양이다. 사람이 있는 집은 혼자 사는 집과는 달리 공기에 그의 체온이 희미하게 녹아들어 있다. 혼자 살 때의 퀴퀴한 냉기와 다른 냄새가 난다. 그 감각이 좋았다. 그와 결혼하길 잘했다고 생각했다.

남편의 체온이 어렴풋이 녹아든 집으로 들어갔다. 거실 소파에서 잠들어 있는 남편에게 다가가 머리를 쓰다듬었다. 그 보드라운 머리칼이 손끝에 닿는 감각이 좋았다. 어릴 때 잠시 이웃집에서 키우던 작은 물빛 새를 맡아 보살핀 적이 있었다. 남편은 어딘지 모르게 그 새와 닮았다.

손끝에 닿는 느낌이 좋고, 똑똑하고, 냄새도 나지 않는다. 배설물도 왠지 인간 같지가 않아서 혐오감이 들지 않았다. 그렇게 머리를 쓰다듬고 있는데 목덜미에 새겨진 키스 마크와 물린 자국이 눈에 들어왔다.

연인과 만나고 들어온 모양이네. 나는 흐뭇하게 그 모습을 바라봤다.

"사쿠. 이런 데서 자면 감기 걸려."

살며시 어깨를 흔들자 남편은 게슴츠레 눈을 떴다.

"왔어……?"

속눈썹에는 밀가루 같은 눈곱이 붙어 있었다.

"눈 감아봐."

나는 눈곱을 떼어주며 남편에게 물었다.

"오늘 데이트 있다고 하지 않았어? 일찍 들어왔네."

테이블 위에는 구겨진 여자 손수건이 놓여 있었다. 남편은 연인과 데이트를 하고 나서 그녀의 물건을 하나씩 가져왔다. 그러면 만나지 못하는 동안에도 정신이 조금은 안정된다고 했다.

남편은 인간밖에 사랑하지 못하는 체질인데다 나 못지않게 사랑에 잘 빠졌다. 지금 사귀는 사람은 우리가 3년 전에 결혼하고 나서 여섯 번째 연인이었지만, 아직도 연애라는 것이 영 몸에 익지 않아 괴롭다고 했다.

나 역시 지금 괴로운 사랑을 하고 있었다. 가방 속에 들어 있는 남자아이와. 나에겐 인간 연인은 없었지만, 그 외의 연인은 있었다. 연인들을 파우치에 넣고 다니던 고등학생 시절과 아무것도 달라진 게 없었다. 지금은 검은색 프라다 파우치 속에 그들의 파편을 넣어서 가지고 다닐 뿐이다.

어제 세어보니 연인은 모두 마흔 명이었다. 많은 사랑을 하며 살아왔구나. 그렇게 생각하자 내 인생도, 그들의 존재도 모두 한없이 애틋하게 느껴졌다.

남편과 결혼했을 때는 서로에게 인간 연인이 있었기 때문에 둘 다 결혼식에 초대했다. 당시 남편의 연인은 긴 머리에 얌전하고 귀여운 인상의 여성이었다. 넷이서 찍은 사진을 지금도 앨범에 소중히 간직하고 있다.

그때와 비교하면 남편도 많이 늙은 것 같았다. 사랑 때문에 괴로워하는 모습을 보니 더욱 그런 생각이 드는 건지도. 나는 남편이 누운 소파 옆에 주저앉아 그 창백한 얼굴을 들여다봤다.

"싸웠어?"

"그건 아닌데……. 그녀는 나한테 이미 질린 것 같아. 하지만 도저히 말할 수가 없는 거지. 그래서 손목을 긋는 거고."

"오늘도 그랬어? 지금은 괜찮아? 병원에는 갔고?"

걱정이 된 나는 그렇게 물었다.

남편의 지금 연인과 나도 몇 번 만난 적이 있다. 작은 체구에 짧은 머리의 여성으로, 털털하고 밝은 성격이었다. 남편한테 농담을 던지는 모습이 재미있어서, 셋이서 깔깔대며 식사를 했었다.

다소 신랄한 면도 있었지만 똑 부러지는 멋진 여성이었다. 나는 그녀를 좋아했고, 두 사람은 행복해 보였다. 아내로서 그들의 사랑을 따스하게 응원했다. 하지만 최근에는 같이 식사를 하자고 연락해도 반응이 영 미적지근했다. 그토록 발랄했던 그녀가 만신창이가 되었다니. 솔직히 상상이 가지 않았지만, 이야기만 들어도 괴로웠다.

"괜찮아. 나한테 피를 보여주려고 긋는 거니까. 그렇게라도 하지 않으면 날 잊어버릴 정도인 거지. 분명 그녀의 마음속에서 우리 사랑은 끝나가고 있는 거야."

남편의 얼굴은 손에 꼭 쥐고 있는 손수건만큼 창백했다.

"따뜻한 차라도 마실래? 좀 안정될 거야."

"고마워."

남편은 잠긴 목소리로 말했다.

"당신은 역시 세상에 하나뿐인 가족이야. 봐, 당신과는 절대로 사랑에 빠지지 않잖아."

"부부니까 당연하지. 기다려봐, 금방 차 줄게."

뜨거운 차를 머그잔에 담아 창백한 얼굴을 한 남편에게 건넸다.

"조금 진정이 되네……. 고마워."

뜨거운 차를 마신 남편은 눈을 꼭 감고 중얼거렸다.

"집에 있을 때만큼은 사랑하지 않을 수 있잖아."

나는 고개를 끄덕이며 남편의 머리카락을 살며시 쓰다듬 었다.

"맞아. 나도 이렇게 당신하고 있을 때는 사랑이라는 게 세 상에 존재한다는 것조차 잊어버린다니까."

남편은 기분 좋은 듯 눈을 감은 채 말했다.

"빨리 아이를 갖고 싶어. 아이가 생기면 이 미친 감정에서 조금은 해방될 수 있을 것 같아."

"예정일을 앞당길까? 인공수정 예약한 거 지금이라면 변 경할 수 있을 것 같은데."

"아냐, 당신 부서 이동 전까지는 출산휴가 쓰기 어렵다면 서. 그리고 우리 적금 목표액도 아직 다 못 모았고……."

"그건 그렇지만……."

"사랑은 사랑, 가정은 가정이지. 처음 계획대로 내년에 하자. 미안, 약한 소리 해서."

남편은 살며시 웃으며 "기대된다, 아이. 아이가 생기면 이제 사랑 같은 거 안 해도 되는 걸까" 하고 중얼거렸다.

"그랬으면 좋겠네."

"당신은 오늘 데이트하고 오는 길이야?"

"응, 맞아."

나는 고개를 끄덕였다.

"지금 나한테는 인간 연인은 없지만, 그 대신 매일매일 함께할 수 있는 연인이 있으니까."

"행복해?"

"응."

괴롭기도 했지만 행복하기도 했다. 나는 바로 고개를 끄덕였다.

"다행이다. 당신 연애는 순항 중이구나."

남편은 푸석푸석하고 창백한 뺨을 살짝 움직여 웃더니 지친 듯 눈을 감았다.

주리가 결혼을 하고 새로 구한 집은 한조몬 역에서 걸으면 5분 거리였다.

나와 주리는 대학은 달랐지만 종종 연락해 만나곤 했다. 주말에도 출근하는 일이 잦은 남편 덕분에 약속을 잡기도 어렵지 않아서, 대학 시절보다 만나는 횟수는 오히려 늘어났다.

작은 신사가 있는 언덕 위에 자리한 하얗고 커다란 맨션은 무척 호화롭고 행복하게만 보였다. 하지만 주리 말로는 실제로 살아보면 근처에 마트도 없고, 주말에는 행인도 드물어서 왠지 께름칙한 기분이라고 했다.

방 세 개짜리 집에는 앤티크 가구가 가득했다. 남편의 사촌이 이혼하고 집을 매매했을 때, 처분하기 귀찮다며 쓰라고 준 것이었다. 주리는 내 집 가구도 마음대로 못 고르냐며 투덜거렸지만, 고급스러운 가구 사이에 앉아 있는 주리는 어릴 적에 가지고 놀았던 인형의 집 속 공주님처럼 보였다.

주리의 아이는 오가닉 속싸개에 싸여 침대에서 새근새근 잠들어 있었다. 수유 중인 주리는 디카페인 차를, 나는 홍차를 마시며 그녀가 만든 복숭아 타르트를 함께 먹었다.

아이를 곁눈으로 보던 주리가 한숨 섞인 목소리로 말했다.

"사실 난 너하고 결혼하고 싶었어."

"뭐?"

눈을 깜빡거리자 주리는 어깨를 으쓱하며 말했다.

"그냥 정자 제공자를 구하는 거면 정자은행을 이용하면 되잖아. 파트너를 선택하는 기준이란 게 수입과 집안일 분담의 균형 감각이 일치하는가, 믿음이 가는 사람인가, 이야기가 통하는 사람인가, 직감이 오는가……. 그게 전부 아냐? 애인과 결혼하기보다 결혼정보회사에서 조건만 보고 상대를 찾는 사람이 훨씬 많은 게 현실이잖아. 우리는 직감만으로 평생 함께할 상대를 고르고 있어. 그렇다면 고등학생 때부터 쭉 봐온 친구와 가족이 되는 게 훨씬 낫지 않을까?"

"그건 그렇지. 나도 동성혼이 합법화되었다면 주리와 결혼했을지도 몰라. 오래 알고 지냈으니 믿을 수 있고, 육아나 집안일도 분담할 수 있잖아. 그래서 유키하고 나오미는 동성혼이 인정되는 외국에서 결혼한 거고."

"그렇지. 하지만 그것 또한 보통 일이 아니잖아."

"우리나라는 왜 아직도 이성 간의 결혼만 인정하는 걸까. 시대에 뒤처졌어."

주리의 촉촉한 눈동자가 웃음과 함께 가늘어지더니, 새하얀 눈꺼풀 아래 구멍 같은 검은 눈동자가 사라졌다.

"그야 자궁이 여자한테만 있어서잖아. 남남 부부가 아이를 가질 수 있다면, 남녀 결혼은 확 줄어들걸? 남자들도 속으로는 남자끼리 결혼하는 게 마음 편해서 좋다고 생각할 거야."

"그런가? 그럴지도 모르겠네."

듣고 보니 맞는 말이었다. 나는 그렇게 생각하며 고개를 끄덕였다.

우리가 사는 세상은 쉽게 변화한다. 지금만 해도 미술실에서 주리와 이야기를 나누었던 고등학교 시절에 비해 많은 것이 달라졌다. 그때보다 섹스를 하는 사람은 더욱 줄어들었다. 아직 인간과 연애하는 사람들이 꽤 있긴 하지만, 우리 아래 세대에서는 그 역시 줄어드는 추세라고 들었다.

"앞으로 점점 더 그런 세상이 되어갈 거야. 그런 예감이 들어. 백 년만 더 늦게 태어났다면 난 너하고 결혼했을 텐데."

바깥에서 느닷없이 세찬 빗소리가 들렸다.

"소나기인가 봐. 여름 냄새가 나네."

주리가 중얼거렸다. 나는 눈 깜짝할 사이에 비에 젖어 드는 유리창 너머의 거리를 멍하니 바라봤다.

빗소리를 들으면 남편은 늘 '당신이 태어난 날의 소리네'

라고 했다. 그래서인지 들어본 적도 없는 내 첫울음 소리가 그 사이로 들리는 듯한 착각에 빠지곤 했다.

남편도 지금 빗소리를 들으며 내 첫울음 소리의 환청에 빠져 있으리라. 떨어져 있어도 이렇게 오감을 공유하는 것이 가족이구나. 문득 그런 생각이 들었다.

켜놓은 텔레비전에서 지바 현의 지역 뉴스가 흘러나왔다.

"정말 많이 변했네. 우리가 처음 만난 동네인데."

"어쩔 수 없지. 지바 현은 실험도시로 지정됐잖아. 부모님도 이제 거기 안 사시니까 우리가 돌아갈 곳도 없고."

감정적인 나와 달리 주리는 무뚝뚝했다.

"그건 그런데, 왠지 기분이 이상해."

"고향이 사라지는 건 좋은 현상이야. 미래만 보고 살아가면 되니까."

그때 속싸개에 싸여 자고 있던 주리의 딸이 울음을 터뜨렸다.

"어머, 배가 고픈가 봐."

주리는 자리에서 일어나 아이를 안았다. 엄마의 품에 안긴 아이는 금세 울음을 그치더니 까르르 웃었다.

"변덕은. 울다가 웃는 거 봐."

흐뭇한 표정으로 아이를 들여다보는 주리는 이미 어머니의 얼굴이 되어 있었다.

소나기가 그친 바깥세상은 축축한 잿빛의 그러데이션으로 물들어 있었다. 나는 주리의 집에서 식사와 타르트를 먹고, 퇴근해서 돌아온 주리의 남편과 인사를 나눈 뒤 일찌감치 나왔다. 쉬는 날인데 가족끼리의 단란한 시간을 방해하는 게 싫기도 했지만, 사실 주리의 남편이 좀 불편했다.

주리의 남편은 그녀와 같은 사고방식의 소유자로 아무하고도 섹스하고 싶지 않고, 그런 무의미한 행위는 언젠가 사라질 것이라 입버릇처럼 말했다. 주리와 둘이서 이야기하는 걸 듣고 있으면, 꼭 사랑과 섹스를 쉬지 않고 반복하는 나를 비난하는 것처럼 들렸다.

집 근처의 역에 내려 시계를 보니 아직 3시였다. 날씨도 좋고 남편은 오늘도 데이트라 집에는 아무도 없었다. 나도 데이트나 해볼까 하고 집 반대 방향으로 걸음을 옮겼다.

집에서 조금 떨어진 곳에 흐르는 실개천 주변은 날씨가 맑은 날이면 산책하기 더없이 좋은 코스였다.

나는 가방에서 프라다 파우치를 꺼내 지퍼에 달린 플라스

틱 열쇠고리를 떼어냈다. 오렌지색 머리에 미소 짓는 소년
은 지금 연인인 크롬이었다. 나는 열쇠고리를 살짝 쓰다듬
으며 가볍게 쥐었다.

미래 경찰인 크롬은 타임머신을 타고 다양한 시대의 질
서를 지켰다. 나는 크롬과 만날 수 있는 화요일 밤을 손꼽아
기다렸다. 고등학교 시절에는 나처럼 '저쪽 세상' 사람과 데
이트하는 사람은 드물다면서 친구들에게 자주 웃음거리가
되곤 했다. 다른 사람들은 모두 '캐릭터'와의 사랑을 오락거
리처럼 즐겼지만, 나는 줄곧 괴로웠다. 크롬의 눈을 보면 그
와 몸을 섞고 싶었다. 통제할 수 없는 격정이 나를 잠식했다.

이렇게 사랑에 빠지는 건 그 붉은 방의 저주가 아닐까.

지금도 비가 내리면 젖은 콘크리트 바닥이 검붉게 보여서
소름이 돋을 때가 있다. 마음을 진정시키기 위해 나는 크롬
을 꼭 쥐었다. 차가운 플라스틱이 손안에서 서서히 따스해
졌다. 마흔 명의 연인 중에 지금 가장 사랑하는 연인은 파우
치에서 꺼내 지퍼에 달았다. 그러면 이렇게 언제든 그를 볼
수 있었고, 손도 잡을 수 있으니까.

결혼하고 나서 네 명쯤 되는 인간 연인과 손을 잡고 이곳
을 걸었다. 살아 있는 인간의 손은 나름대로 정취가 있었지

만, 이렇게 인간이 아닌 존재와 손을 잡는 것에서도 독특한 행복을 느낄 수 있었다.

인간과의 연애는 자칫하면 금세 정형화되고 만다. 지금쯤 손을 잡아도 되겠다, 키스를 하면 다음에는 무얼 해야겠다, 서로의 육체가 정할 일이라는 걸 알면서도 무의식적으로 머리에 박힌 매뉴얼을 따르게 된다.

인간이 아닌 존재와 사랑하기 위해서는 여러모로 노력이 필요하다. 어떻게 손을 잡을 수 있을지, 어떻게 키스할 수 있을지, 갖가지 방법을 동원해 자신의 육체를 이용하여 상대에게 접속하려 애쓴다. 손톱도, 머리카락도, 귓불도 상대를 육체로 느끼기 위한 도구가 된다. 이렇게 '손을 잡고 산책하는' 것도 시행착오 끝에 개발한 방법이었다. 나는 크롬과 손을 잡고 천천히 강변을 걸었다.

지금은 크롬을 제일 좋아하지만, 나는 파우치 속 연인들을 모두 평등하게 좋아했다. 인간과의 연애와는 달리 이야기 속 사람들과의 사랑은 끝나거나 사라지지 않는다. 잦아드는 것처럼 보여도 사랑하는 마음은 늘 몸속에 냉동 보존되어 어떤 계기가 생길 때마다 다시 불타올랐다. 연인들로 가득 찬 파우치를 보고 있으면 인생이 풍요로워지는 걸 느졌다. 이 작은 파우치 안이야말로 내 영혼이 살아온 '세상'이라고 생각할 때도 있었다.

낮은 굽의 신발이 보드라운 풀 속으로 가라앉았다. 흙 내음과 물 내음이 한데 섞였다. 그 향기가 크롬과의 기억에 스며들었다. 고개를 들자 강가에 앉아 있는 남자와 개를 산책시키는 여자, 풍경 사진을 찍는 노인이 보였다. 모두 혼자인 것 같았지만, 실은 나처럼 인간이 아닌 존재와 남몰래 데이트를 하고 있는 건지도 모를 일이다.

무심코 흘러나온 웃음에 동의하듯, 크롬의 열쇠고리에 붙은 금속 장식이 딸랑 흔들렸다. 내장이 뜨거워졌다. 피부 안쪽 세포가 크롬의 존재를 느끼고 싶다며 아우성쳤다. 나는 서둘러 집으로 돌아와 남편이 없는 걸 확인하고, 방으로 들어가 크롬과의 '섹스'에 탐닉했다.

미즈우치나 주리가 아무리 뭐라 해도, 나는 이 행위를 '섹스'라 불렀다. 눈을 감으면 내 피부 속에는 크롬밖에 없었다. 그만이 나의 내장 전부를 지배했다. 모든 혈관이 열선熱線으로 바뀐 듯, 마비를 동반한 열기가 온몸을 옭아맸다. 크롬의 존재와 내 육체가 하나 된 것을 느꼈다. 오로지 그 감각만을 위해 이 행위를 반복하는 건지도 모른다.

엄마는 인간이 아닌 존재를 사랑하는 이들을 바보 취급했다.

"편하고 아름답고 즐겁기만 한 세상에 틀어박혀 있는 거잖아. 나처럼 사는 게 훨씬 멋져."

어디가 편하고 아름답다는 걸까. 나는 욕망에 휩싸여 이렇게 괴롭고 추한데. 아무리 꼴사나워도 크롬과 하나가 되지 않고는 못 견디겠는데.

열을 토해내듯 나는 절정에 다다랐다. 미즈우치가 흘렸던 투명한 액체와 같은 것들이 내 질 속에서 기체의 형태로 배출되었다. 미즈우치와 달리 눈에는 보이지 않지만, 내 육체에서 증기가 새어나가는 게 몸으로 느껴졌다.

행위가 끝나면 크롬은 다시 '저쪽 세상'으로 가버린다. 그러면 더는 닿을 수 없다. 크롬을 향한 애타는 마음을 몇 번이나 이렇게 증발시켜도 결코 바닥은 드러나지 않았다. 열을 토해내고 나서도 온몸의 혈관에서 펄펄 끓는 물이 흐르는 듯한 이 감각은 잦아들지 않았다. 크롬의 열쇠고리를 꼭 쥐며 나는 조용히 눈을 감았다.

남편이 데이트로 집을 비운 휴일에 나는 엄마가 사는 요코하마를 찾았다.

지바가 실험도시로 지정되면서 주민들은 도시에 남거나 지바를 떠나 다른 곳으로 이주하는 파로 갈렸다. 엄마는 실험이 시작된 10년 전부터 이곳에 정착해 살고 있었다. 원룸이지만 우리 부부의 집보다 훨씬 깨끗한 신축 건물이었다.

집 안에는 여전히 빨간 가구들이 놓여 있었다. 도무지 이해할 수 없는 그 취향에 혀를 내두르며 나는 소파에 앉은 엄마에게 말을 걸었다.

"몸은 좀 어때?"

"여전히 허리가 아파서 밥도 제대로 못 해 먹겠어."

엄마는 나이가 들면서 거동이 둔해졌다.

예전에는 야무지게 집 안을 돌아다녔는데 지금은 어딘지 모르게 체력 소모를 막기 위해서 겨울잠을 앞둔 곰처럼 느릿하게 움직였다. 그 탓인지 엄마는 더욱더 살이 쪘다. 지방이 쌓인 몸을 보고 있노라면, 엄마가 젊을 적에 연애결혼을 해서 나를 낳았다는 이야기가 죄다 망상이며 지어낸 이야기가 아닐까 하는 의구심이 들었다. 엄마를 그다지 만나고 싶지는 않았지만, 나이를 먹어 적적한지 '허리가 아프다'며 전화를 걸어와서 주말이나 퇴근 후에 얼굴 좀 비추라고 닦달을 했다. 남편과 같이 오라는 건 거절하고, 두세 달에 한 번 찾아가곤 했다.

"나이가 들면 죽어야지. 빨리 손주 얼굴 보여줘. 내가 살면 얼마나 더 살겠니. 남편은 어디 두고 혼자 왔어? 같이 오라고 했더니."

"그 사람은 오늘 데이트가 있어. 엄마 하소연 듣자고 일부러 요코하마까지 올 정도로 한가하지 않다고."

데이트라는 말을 들은 엄마는 얼굴을 찌푸리며 내뱉듯 말했다.

"데이트라니, 정말 불결하구나. 하지만 아이가 생기면 달라질 거야. 너도 부서 이동이 어쩌고저쩌고 하면서 너무 재고 따지지 말고, 얼른 아이나 가져. 엄마는 네 나이 때 초등학교에 다니는 널 키우며 직장까지 다녔어."

"알아. 하지만 우리도 상의해서 결정한 일이니까."

일일이 대꾸하기 성가셔서 냉장고를 뒤져 채소를 꺼냈다.

엄마와 별로 이야기하고 싶지 않아서 나는 이곳에 오면 항상 부엌에서 음식을 만들었다. 엄마도 허리 때문에 제대로 서 있을 수 없다면서 먹는 것도 제대로 못 먹는다고 한터라 음식을 만들어주면 조금 기분이 풀렸다. 된장 소스에

볶은 가지와 무와 간 고기를 넣은 조림을 된장국과 함께 차리자 왜 채소밖에 없느냐고 투덜거리면서도 얌전히 먹기 시작했다.

엄마와 함께 밥을 먹고 싶지 않아서 나는 차를 마시며 누런 이로 내가 만든 음식을 씹는 엄마를 바라봤다.

여기 있으면, 엄마가 만든 모형 정원 속에서 자랐던 그 시절로 돌아간 듯한 기분이 든다. 이 붉은 집에서 나와 빨리 내가 사는 정상적인 세상으로 돌아가고 싶어진다.

엄마의 책장에는 여전히 낡은 책들이 가득해서 시간이 멈춘 것 같았다. 엄마는 나와 남편이 인공수정을 한다는 걸 제대로 이해하고 있는 걸까. 엄마를 보고 있으면, 우리도 본인처럼 교미를 해서 아이를 가질 거라 굳게 믿는 것 같아 역겨운 기분이 들었다.

"이 정도로는 부족해. 더 만들어 오렴."

이 정도로는 부족하다. 엄마는 늘 그 소리였다. 엄마의 입 안에 아직 씹지 않은, 녹아가는 밥알이 보였다.

엄마는 자신이 믿는 비정상적인 세상을 섭취하고 싶어서 참을 수 없는 게 아닐까. 아내와 남편이 근친상간을, 교미를 하는 세상. 엄마가 모은 낡은 책과 영화만으로는 자신이 믿는 세상을 유지할 수 없어서 나와 남편을 통해 엄마가 믿는 세상을 섭취하려는 게 아닐까. 그런 생각이 들 때가 있다.

"부족하다니까."

못 들은 줄 알았는지 밥풀을 튀기며 닦달하는 엄마에게서 눈을 돌리고, 솟아오르는 토기를 참으며 나는 다시 부엌으로 갔다.

남편보다 내가 일찍 집을 나서기 때문에 아침 식사는 각자 알아서 먹었다. 나는 토스트와 스크램블드에그로 간단히 때우고, 일찍 일어나 만든 도시락을 들고서 니혼바시의 회사로 출발했다. 히가시니혼바시에서 열차를 타면 니혼바시까지 5분이면 도착했다. 걸어서 갈 수도 있지만 늘 열차를 탔다.

조례와 함께 하루가 시작됐다. 아침부터 왜 맥없는 표정을 짓느냐고 한 소리 들을까 봐 달달 외운 사훈을 복창하며 직원들이 번갈아 하는 스피치를 들었다. 뒤이어 상사의 훈화를 들은 후, 진지한 표정으로 조례를 마치고 업무를 시작했다. 오늘 스피치 담당은 부장님이라 더욱더 등줄기에 긴장이 흘렀다. 오전 중에는 비교적 쉬운 단순작업 업무가 들어와서 묵묵히 자료를 만들었다. 단순작업을 더 좋아하는 편이었지만, 시간이 느리게 흐르는 것 같았다. 겨우 점심시간이 되었을 때는 계속 앉아 있던 탓에 허리가 쑤셨다.

좁은 회사라 사무실에서는 도시락을 먹을 수 없었기에 늘 옆 부서 여직원과 가장 큰 회의실에 둘러앉아 점심을 먹었다. 점심만큼은 신경 안 쓰고 편하게 먹고 싶어서 친한 후배인 아미와 나가서 먹는 경우도 많았지만, 월급 전날이라 주머니 사정이 좋지 않았다. 오늘은 다른 부서 직원들까지 합쳐 모두 여덟 명이 회의실을 점령하고 식사를 시작했다.

"미안한데, 나 집에 전화 좀 하고 올게."

옆 부서 여직원이 황급히 일어났다.

"애가 열이 난대. 친정엄마가 같이 계시기는 한데 엄마 목소리가 듣고 싶다네."

"아이고, 애들은 툭하면 열이 나지. 오늘은 그다지 안 바쁘니까 일찍 들어가도 돼."

"감사합니다, 아마 별일 없겠지만……."

휴대전화를 들고 서둘러 회의실을 나가는 뒷모습을 바라보던 우리는 마주 보며 한숨을 내쉬었다.

"애가 어리면 정말 힘들지. 우리 회사는 육아휴직도 신청하기 어려운 분위기니까……."

"아침마다 조례 같은 거 하지 말고 사원 복지에나 힘쓰면 얼마나 좋아."

나와 아미의 한숨 섞인 말에 모두 고개를 끄덕였다.

"이래 봬도 옛날에 비하면 많이 좋아진 거지만, 아직 멀었어. 아마네도 아이 계획 있다고 했지?"

동기 여직원의 갑작스러운 질문에 나는 고개를 끄덕였다.

"응. 우리는 남편이 육아휴직을 신청하기로 했는데, 출산휴가는 내가 낼 수밖에 없으니까……. 내년에 다른 부서로 이동하면 그때 인공수정을 시작하려고."

"그렇구나. 출산휴가만 쓰는 거면 우리 회사도 복직하는 데 별문제는 없잖아. 남편 회사가 육아휴직이 가능해서 다행이다. 남자도 애를 낳으면 얼마나 좋아."

동기 여직원이 진저리가 난다는 듯 말하자, 아미가 편의점에서 산 샐러드를 집으며 고개를 들었다.

"실험도시에서는 착상 성공 사례도 꽤 많다면서요? 이제 곧 그런 시대가 오지 않을까요?"

"그렇긴 하지만, 거기서는 비용을 전부 나라가 대잖아. 설령 성공해서 일반인한테 보급되더라도 보험 적용이 안 되니까 돈이 엄청 들 거야. 실용화되려면 아직 한참 기다려야 하지 않을까?"

요즘 시대에 결혼은 아이를 갖고 싶거나 경제적 동반자가 필요하다거나 일에 집중하고 싶으니 집안일을 해줄 사람이 필요하다거나 하는 합리적인 이유로 결정하는 사람이 대다수였다. 물론 단순히 반려자가 필요해서 결혼하는 사람도 있지만, 그럴 바에야 차라리 친구와 동거하는 편이 낫다는 사람도 늘어나고 있었다.

가족이라는 시스템이 살아가는 데 편리하다면 이용하고 필요 없다면 이용하지 않는다. 우리에게 가족과 결혼은 그런 제도가 되어가고 있었다. 주변만 봐도 혼인 비율이 큰 폭으로 줄어들고 있다는 게 실감 났다. 얼마 전에는 30대에 결혼하는 인구가 35퍼센트에 불과하다는 뉴스도 본 적이 있다.

"난 별로 아이 생각이 없어서 결혼은 안 할 건데, 결혼하면 다른 장점이 있어?"

동기 여직원의 해맑은 물음에 나는 고개를 갸웃거렸다.

"음, 집에 사람이 있으면 뭐랄까, 정신적으로 좋은 것 같아. 무슨 일이 있어도 내 편이 되어줄 사람이 있다고 할까……. 난 꽤 괜찮다고 생각해."

아미가 고개를 들며 말했다.

"단지 그것 때문이라면 친구하고 같이 사는 게 낫지 않아요? 여자끼리 있는 게 훨씬 마음 편하고 좋은데."

아미의 의견에 옆자리의 젊은 여직원이 입을 삐죽였다.

"아니, 역시 가족은 소중해요. 친구하고 다르다고요. 서로 마음을 터놓을 수 있는 진정한 동반자가 있으면 인생이 달라진다니까요."

"정말요? 아이를 갖고 싶거나 경제적 이점 때문이라면 몰라도 이유도 없이 남을 집에 들일 필요가 있을까요?"

"난 아이는 안 낳을 건데 결혼 상대는 찾고 있어요. 법률적으로 인정받는 파트너를 원하거든요."

아미와 젊은 여직원의 대화를 듣고 있던 동기 여직원이 웃었다.

"그럴 거면 차라리 친구랑 결혼하고 싶네요. 동성혼을 인정해주면 좋겠는데."

아미가 고개를 끄덕였다.

"저도 그러고 싶어요. 동성혼이 합법화되면 결혼하고 싶다고 생각하는 친구랑 자주 그 얘기 하거든요."

모두의 의견을 듣고 있으려니 나는 엄마의 저주에 걸린

게 아닐까 하는 생각이 들었다.

그 붉은 방에서 결혼은 서로 사랑하는 사람끼리 하는 것이다, 가족이 된다는 건 멋진 일이다, 어린 시절 엄마는 항상 그렇게 말했다. 그 말에 얽매여 다른 사람들처럼 자유로운 발상을 하지 못하고 이성과 결혼한 게 아닌지 궁금해질 때가 있다.

"아마네 씨는 남편분하고 단체 미팅에서 만났다고 했죠? 나도 그런 데 가보긴 했는데 잘 모르겠더라고요. 아이를 낳고 싶지만, 내 월급으로 혼자 키우는 건 현실적으로 어려우니까 상대를 찾고는 있는데 무슨 기준으로 선택해야 하는지 모르겠어요. 아마네 씨는 어떻게 정한 거예요? 아, 아이 때문이면 혹시 정자의 질 같은 거로?"

젊은 여직원은 나를 보며 물었다. 요즘은 서로 난자와 정자의 데이터를 매치해보고 결혼을 결정하는 사람들도 있다고 들었다. 함께 살기 좋은가, 그 이유만으로 정하기는 어려우니 과학적인 데이터로 범위를 더 좁히는 거라는데 솔직히 정자은행과 무슨 차이가 있나 싶어서 개인적으로는 썩 좋게 생각하지 않는다.

"그냥 마음이 맞았다고나 할까."

"그것뿐이에요?"

"음……."

말문이 막힌 나는 쓴웃음을 지었다.

"잘 모르겠어. 나도 궁금한 게 있는데, 왜 그렇게 아이가 갖고 싶어?"

이럴 때면 나는 상대에게 역으로 질문을 던진다. 나와 같은 이유일지도 모른다고 생각하기 때문이다.

젊은 여직원은 단번에 대답했다.

"노후 때문이죠."

"요즘 세상엔 자식보다 연금이 낫지."

우리 중에서 가장 선배 사원이 놀리듯 말했다. 그녀의 아이는 벌써 초등학생이었다. 아이 없는 우리의 대화가 세상 물정 모르게 들렸는지도 모르겠다.

"선배는 왜 아이를 낳으셨어요?"

내 물음에 그녀는 어깨를 으쓱했다.

"나도 서른까지는 안 낳을 작정이었는데, 왠지 안 낳으면 그것대로 손해라는 느낌이더라고. 회사 일에 보람을 느낄 수가 없어서 평생의 과업으로 아이를 키우고 싶었다고 할까. 그리고 애를 낳아보면 알게 될 거야. 자기 피가 섞인 아이는 달라."

"그런가요?"

"그렇다니까. 아마 네 씨도 아이를 낳아보면 알 거야."

선배는 연신 고개를 끄덕이며 플라스틱 포크로 편의점에서 사 온 파스타를 둘둘 말았다.

사실 전 교미로 태어난 아이예요. 지금 여기서 그렇게 말하면 어떻게 될까. '과거'에는 그것이 일반적이었다. 지식으로서는 그 사실을 지겨울 정도로 잘 알고 있었다. 하지만 지금 우리는 그때와 다른 형태의 생물이 되어버렸다.

나는 붉은 방을 떠올렸다. 그 방을 가득 채웠던 가치관이 바깥까지 확장되었던 세상. 불쾌하기도 했지만, 지금도 하나의 가치관이 지배하는 밀실에 갇혀 있다는 의미에서는 딱히 달라진 건 없었다.

포크 끝으로 방울토마토를 찌르자 옅은 붉은색이 사방으로 튀었다.

주말이 되자 남편은 아침부터 데이트를 한다며 외출했다.

나는 집에 있기로 하고 서쪽 방을 청소했다. 장차 아이 방이 될 예정이었지만, 지금은 창고로 쓰고 있었다. 쌓여 있는 잡지와 안 입는 옷을 정리해서 버리기로 했다. 잡지를 들고 쓰레기장으로 나가자 한구석에 쌓여 있는 낡은 동화책 더미가 보였다.

핑크트헨과 안톤, 눈의 여왕, 호두까기 인형……. 특히 '말괄량이 쌍둥이' 시리즈는 어릴 적에 무척 좋아했던 시리즈라 몇 번이고 읽은 기억이 있다.

반가운 마음에 쓰레기장에서 꺼내 표지를 바라보고 있는데 뒤에서 목소리가 들렸다.

"그 책 가져가실래요?"

돌아보니 티셔츠에 반바지를 입은 까무잡잡한 남자가 서 있었다.

"아, 오랜만에 보니 반가워서……. 죄송합니다."

황급히 책을 내려놓자 남자는 얼굴 한가득 환한 미소를 지으며 말했다.

"아, 읽어보셨구나. 저도 어릴 적에 재밌게 봤어요! 왠지 반갑네요."

"이 시리즈를요?"

이 책은 기숙사를 배경으로 한 소녀들의 이야기였다. 재미있게 읽었다는 남자의 말에 나도 모르게 되물었다.

"아, 역시 남자애들은 이런 책 잘 안 읽죠. 제가 지금은 한 덩치 하지만, 어릴 적에는 몸이 약해서 자주 입원했었거든요. 지루한 입원 생활 중에 이 책을 읽으면서 여긴 병원이 아니라 기숙사다, 그런 상상을 하며 놀았어요."

"그러셨구나. 저도 그런 상상을 했어요. 한밤중에 파티 여는 장면을 가장 좋아했죠."

남자의 커다란 눈이 가늘어졌다.

"아, 진짜 반갑네요. 저도 그 장면 좋아했거든요. 처음 보는 음식들이 잔뜩 나오는데 눈이 번쩍 뜨였죠."

"이 책, 버리실 건가요?"

남자는 난감한 듯 웃었다.

"둘 곳이 없어서요. 집이 좁아서. 그래도 오랫동안 애착을 가졌던 책이라 마지막으로 한 번 더 보고 싶어서 내려온 거예요. 그랬더니 책을 빤히 들여다보는 사람이 있어서 깜짝 놀란 거죠."

"죄송해요, 남의 물건을 마음대로……."

나는 창피한 마음에 고개를 숙였다.

"아, 죄송하긴요. 오히려 반가웠습니다. 소중한 책이라 버릴 바에야 누가 읽어줬으면 했거든요. 그래서 가져가실 거냐고 물어본 거고요. 저야말로 죄송합니다."

남자는 미안한 듯 고개를 숙였다.

"그럼 제가 가져가도 될까요? 책을 보니까 다시 읽고 싶어졌어요."

"아, 정말요? 잘됐다. 너무 좋네요."

"다음에 정식으로 인사드리러 갈게요. 몇 호에 사세요?"

남자는 고개를 절레절레 저었다.

"인사는요! 버리려던 건데 신경 안 쓰셔도 됩니다. 오히려 제가 감사드려야죠. 아, 뭔가 헌팅하는 것 같은데, 전 이 맨션 504호에 살아요. 수상한 사람 아닙니다."

"저는 601호 살아요. 저도 수상한 사람 아니에요."

"아, 6층 사시는구나. 거기 고양이 살죠? 목줄에 605호라고 적힌 고양이가 자주 베란다로 들어오던데."

"우리 집에도 와요. 새하얗고 귀여운 고양이죠."

"역시! 그 고양이, 온 건물을 제집처럼 돌아다니나 봐요."

남자는 웃었다. 잘 웃는 성격인지 "미안해요, 뭔가 상상하니까 웃음이 안 멈추네요" 하고는 책을 집어 들었다. "괜찮으시면 집까지 가져다드릴게요."

번쩍 책 더미를 집어 드는 팔은 근육질이었다. 티셔츠 아래로 가슴 근육이 움직이는 게 보였다.

"그래서 집에 책이 이렇게 많아졌구나."

저녁시간, 데이트를 마치고 돌아온 남편이 환한 얼굴로 말했다.

"뭔가 영화 같네. 어떤 사람이야? 좋아하게 될 것 같아?"

"아냐. 뭔가 운동선수처럼 근육질의 사람이었어. 나 그런 사람하고 연애해본 적 없잖아."

"그야 모르지. 당신은 좋아하는 사람이 생기면 처음에는 늘 그렇게 말하는걸."

내 연애 이야기를 듣는 것을 좋아하는 남편은 내가 새로운 사랑을 시작하길 바라는 것 같았다. 이럴 때는 꼭 여동생처럼 느껴졌다.

"당신은 내 연애 이야기 듣는 걸 좋아하더라."

"당신은 항상 행복해하니까. 원래 괴롭고 힘들 때는 바보처럼 행복한 결말의 연애 영화 같은 거 보고 싶어지잖아. 그런 느낌이랄까."

"바보처럼? 그게 칭찬이야?"

나는 팔꿈치로 남편을 쿡 찌른 뒤, 그의 얼굴을 들여다보며 "괜찮아?" 하고 속삭였다. 얼굴이 부쩍 더 여윈 것처럼 보였다.

"응. 난 괜찮아……. 그냥 어제 여자친구와 좀 싸웠어."

"무슨 일 있었어?"

"아무 일도 없었어. 그런데도 싸우게 돼. 아무리 서로 사랑해도 나는 그녀가 부족하고, 그녀도 내가 부족해서 둘 다 정서불안에 빠져. 난 늘 그런 연애만 하게 돼. 연애의 수레바퀴 어딘가가 망가진 걸까?"

"그랬구나……."

"알면서도 또 사랑에 빠지는 거야. 이번에는 그러지 않겠다고 다짐해도 어느새 둘 다 울고 있지. 서로 좋아하는데도 말이야. 뭐가 문제일까."

"그러게……. 왜 그럴까. 난 '저쪽 세상' 사람과의 연애에 비하면 인간과 사귀는 게 훨씬 편해. 만질 수도 있고 이야기를 나눌 수도 있잖아. 상대에 대한 허기가 덜하다고 할까."

"그래서 당신 이야기를 듣는 게 좋아. 늘 해피엔딩을 향해 이어지는 행복한 이야기 같잖아."

나는 살며시 웃는 남편의 머리를 쓰다듬으며 말했다.

"괜찮아. 분명 성실하게 사랑하는 마음을 전하면 안정된

관계를 쌓을 수 있을 거야."

"당신하고 결혼하길 잘했어……. 가족이 된다는 게 어떤 건지 솔직히 잘 몰랐거든. 남과 함께 사는 게 가족이라는 건가, 단순히 이해관계가 일치하는 게 아닌가, 그렇게 생각했어. 하지만 당신하고는 '함께 살아간다'는 느낌이 들어."

"나도 그래. 집에 있을 때만이라도 사랑 같은 건 다 잊고 마음 편히 있어."

"고마워……."

남편의 연인은 혼자 살았다. 아이 낳을 생각이 없는 것이리라. 최근 들어 아이를 원하지 않는 사람들은 결혼도 하지 않는 경우가 많았다. 아이를 낳지 않을 거라면 마음 맞는 친구와 동거하거나 혼자 사는 게 속 편하다고 했다.

그녀와 남편의 관계를 어떻게든 중재하고 싶었지만, 가족이 난데없이 연애사에 참견하는 것도 좋아 보이지는 않았다. 내가 할 수 있는 일이라고는 남편의 이야기를 들어주는 것밖에 없었다.

"밥 먹을까? 시간이 남아서 카술레를 해봤어. 그리고 차게 해서 먹으려고 라타투유도 만들었고."

남편과 나는 스튜 요리를 좋아했다. 평일에는 남편이 음식을 했지만, 남편이 데이트를 하지 않는 주말에는 둘이서 냄비에 재료를 넣고 푹 끓였다. 번갈아 부엌에 가서 서로 도와가며 '진수성찬'을 차렸다.

청소는 내 담당이었고, 빨래는 주말에 몰아서 했다. 청소도 매일 하는 건 아니라 집안일 분담이 남편에게 불리한 게 아닐까 생각했다. 그래서 가끔 시간이 나면 데이트를 하고 지친 얼굴로 돌아오는 남편에게 음식을 대접하곤 했다. 침실은 따로 썼지만 그런 날에는 고양이들처럼 꼭 붙어서 소파에서 함께 잤다.

카술레를 데우며 나는 남편에게 미소 지었다.

"역시 집에 있으면 안심이 돼. 우리 둘 다 밖에서는 연애만 하잖아."

남편은 취한 듯한 표정으로 고개를 끄덕였다.

"그러게."

"누가 그러는데, 연애는 어차피 아랫도리 놀음일 뿐이래. 그 말이 맞아. 역시 인생에서 가장 중요한 건 가족이야."

"응, 맞는 말이야."

그 아랫도리 놀음에 휘둘리는 우리의 현실을 비웃듯, 우리는 웃으며 '가족' '가족' 연신 그 단어를 되풀이했다.

"가족 생각을 하면 마음이 놓여. 나에게 가족이 있다고 생각하면, 밖에서 다소 괴로운 일이 있어도 버틸 수 있어."

"우리도 언젠가 아이를 낳을 거잖아. 진짜 기대돼. 아이가 생기면 둘 다 바빠져서 연애 같은 데 시간을 낭비할 틈도 없어질 거야."

"누가 뭐래도 우리 유전자를 물려받은 생명을 키우는 거잖아. 새로운 가족이 생기면 얼마나 기쁠까."

연애라는 종교 아래서 고통받는 우리는 이제 가족이라는 종교에서 구원을 얻으려 했다. 몸과 마음 모두 세뇌당해야만 간신히 '연애'를 잊을 수 있을 것 같았다.

"한 생명을 키운다는 건, 인간의 일생에서 가장 중요한 과업인 것 같아. 가족을 만들길 잘했어."

우리는 웃음을 나누며 따뜻한 카술레를 그릇에 담아 식탁에 앉았다.

'가족'이라고 말할 때마다 기도하는 마음이 들었다. 분명 이것은 종교다. 그 말을 하면 할수록 우리는 신앙심이 돈독한 신자가 되어간다.

'가족' 이야기로 화제가 바뀌자 남편의 안색이 조금 좋아진 것 같았다. 사랑 때문에 괴로워하는 남편을 '가족'인 나와 미래의 아이가 구하고 있다. 이 얼마나 아름다운 일인가. 나는 황홀감에 휩싸였다.

우리는 아이를 낳기 위한 편리한 존재로서 서로를 인식하고 결혼이라는 계약을 했다. 하지만 남편은 단순히 정자를 제공하는 남이 아니었다. 역시 가족이었다. 우리가 시스템 속에서 잘 적응하고 있다는 생각을 하면 안도감이 들었다. 역시 가족 시스템은 단지 편리해서 이용하는 게 아니라 그 안에서 만들어지는 확고한 유대관계 때문에 이용하는 것이리라.

사랑과 성욕은 가정 밖에서 처리하는 배설물 같은 것이다. 그래도 발작처럼 찾아오는 허무함에 몸부림치는 밤이면 우리는 어깨를 맞대고 이런저런 이야기를 나누었다. 마음속 고름을 짜내 뱉기도 하고, 시답지 않은 이야기를 쉼 없이 계속하기도 했다.

그러고 있으면 우리가 서로의 인생을 함께하고 있다는 걸 확인할 수 있어서 마음이 놓였다. 어찌 되었든 '가족'이라는 절대적인 아군이 존재한다. 안간힘을 다해 자신에게 그렇게 말하는 것 같다는 생각도 들었다. 분명 평생 서로가 품은 이 사랑이라는 발작의 고통을 공유하며 살아가겠지.

스스로 암시를 걸듯 우리는 '가족' 이야기를 계속했다.

"아이 침대는 침실에 놓을 거니까 서쪽 방은 당분간 계속 비어 있겠네."

"아이는 하나만 낳기로 했지만, 너무 귀여우면 둘째도 낳고 싶어질지 몰라. 이 집은 둘을 키우기에 너무 좁겠지?"

"돈이 모이면 교외에 집을 찾아보자. 아이 키우기에는 자연이 가까운 게 좋잖아."

"남자애일까, 여자애일까."

"난 둘 다 좋아. 우리 아이라면 분명 여자든 남자든 귀여울 거야."

출산휴가를 써서 아이를 낳으면 세 살 때까지는 남편이 육아휴직을 내기로 했다. 우리 회사보다 남편 회사가 복리후생이 좋고 육아휴직이 끝난 후에도 복직하는 게 쉽기 때문이다.

"내가 아이를 낳을 수 있으면 좋을 텐데. 그러면 출산휴가와 육아휴직 둘 다 신청할 수 있으니까 당신은 회사에 계속 나가면 되잖아."

"그러게 말이야. 인공자궁 실험은 어떻게 되어가고 있는 걸까?"

"역시 쉬운 일이 아닌가 봐. 동물 자궁을 이용하는 게 훨씬 쉽대."

"그렇구나."

앞으로는 내 난자와 남편의 정자를 수정하여 동물의 자궁에 착상시키고, 돼지나 소에게서 갓난아이를 받는 시대가 올지도 모른다.

자궁의 의미가 사라지겠군. 멍하니 그런 생각을 했다.

"당신은 아이 이야기만 하면 표정이 환해지더라."

"이 집에 새 생명이 찾아오면, 진짜 가족이 될 것 같거든."

"역시 생명의 대물림은 멋진 일이야."

식사를 마친 우리는 후식으로 푸딩을 먹고 소파에 누워 함께 잠을 청했다. 남편의 체온은 강아지나 고양이를 연상시켰다. 우리는 서로의 체온을 생활 속에서 키우고 있다. 그 사실에 안도하며 잠이 들었다.

이튿날은 평소보다 일찍 열차를 타고 회사에 갔다.

오늘은 내가 스피치 담당이어서 조례가 끝난 뒤 스피치를 했다. 주임에게 다음에는 더 간결하게 하라는 잔소리를 듣고 났더니 긴장과 스트레스로 온몸이 납덩이 같았다.

가방을 들고 화장실로 가서 프라다 파우치 안에 넣어둔 마흔 명의 연인을 보았다.

파우치 안에는 작은 캔 배지와 열쇠고리, 잡지 스크랩이 가득했다. 내가 사랑한 7,000살의 소년, 불사신인 전사, 경찰의 비밀 지령을 받고 움직이는 소년 탐정, 우주선 조종사, 갓 태어나 힘을 조절하지 못하는 인조인간, 용을 타고 싸우는 왕자……. 그들이 한데 모인 모습을 보고 있노라면 진정이 됐다.

그들을 바라보며 휴대전화로 크롬이 등장하는 동영상을 보고 났더니 기운이 솟았다. 격려해준 듯한 느낌이 들어 업무에 집중할 수 있었다. 어려운 자료도 오전 중에 실수 없이 작성을 마쳤다. 점심시간이 되자 아미가 단둘이 밖에서 먹자고 말을 걸었다. 나도 주임과 마주치고 싶지 않아서 바로 그러자고 했다.

회사에서 조금 떨어진 메밀국수 집에서 아미는 한숨을 쉬었다.

"오전 내내 사수한테 들들 볶이고 났더니 그냥 조퇴하고 싶네요."

"힘들지. 오늘 좀 기분이 안 좋아 보이더라. 조례 끝나고

부장님하고 한판 했나 봐. 재수 없게 걸렸다고 생각하고 잊
어버려.”

아미의 표정은 여전히 어두웠고 식욕도 별로 없는 것 같
았다.

“일상은 정말 괴로워요, 오전 내내 ‘블루 스나이퍼’ 생각
만 했다니까요. 어제 전투 장면 굉장했다, 새로운 오프닝 죽
여준다, 이런 거라도 해야 숨통이 트여요. 살아갈 힘을 얻는
다고 할까요.”

요즘 인기 있는 애니메이션 이야기를 하면서 한숨을 내쉬
는 아미를 보며 나는 힘주어 고개를 끄덕였다.

“나도 그래. 살아갈 힘을 얻어. 현실도피라는 사람들도 있
지만 그거랑은 다르잖아. 오히려 거기서 마음의 양분을 얻
은 덕에 현실을 살아갈 수 있는 거지.”

내 말에 아미는 뜻밖이라는 듯 고개를 갸웃거렸다.

“아, 그런데 선배는 결혼했잖아요. 그런 사람들은 가족이
원동력이라고 할 줄 알았는데.”

“그것도 그렇긴 한데…….”

“그런데 살아갈 힘을 캐릭터한테서 얻는 거예요? 그럼
선배한테 ‘가족’은 대체 뭐예요?”

"가족은 다르지. 물론 나와 가장 가깝고, 늘 지지해주는 존재야. 하지만 지금까지 사랑했던 이야기 속 연인들도 존중하고 싶고 소중히 여기고 싶어."

조금 당황해서 대답한 탓인지 말이 꼬였다.

그래, 남편도 나에게 살아갈 힘을 준다. 왜냐하면 그는 나의 '가족'이니까.

"가족이 있는 선배와는 당연히 경우가 다르겠지만, 저는 좋아하는 캐릭터에게서 살아갈 힘을 얻거든요. 그런 게 없었다면 아마 저는 살아 있지 못했을 거예요. 현실은 너무 힘들잖아요. 영혼의 안식처 같은 게 없으면 그냥 망가져버리고 말걸요."

아미는 말을 멈추더니 불현듯 의아한 표정을 지으며 나를 바라보았다.

"그런데 선배는 인간하고도 연애하죠? 바이? 그건 아닌가. 요새 드물잖아요, 그런 사람."

"그래……? 내 주변에는 꽤 있는데……."

"같은 인간끼리는 역시 섹스 같은 걸 하나요?"

악의 없이 묻는 아미에게 나는 난감한 웃음을 지으며 대답했다.

"음……. 사람에 따라 다르지 않을까?"

내 대답은 아무래도 상관없다는 듯 아미는 다시 자기 이야기로 돌아갔다.

"제 생각이 모순됐다는 생각이 들어요. 좋아하는 캐릭터들을 사랑하면서, 성역이라 여기면서, 성욕을 처리하는 도구로 쓰니까요."

"성욕 처리라……. 저기, 굳이 그렇게 말하지 않아도 돼. 그렇게 나쁜 짓이라고 생각 안 하니까."

"하지만 가끔 머리가 차가워질 때가 있어요. 제일 좋아하는 사람을 내가 더럽히고 있구나, 하고. 성역이라고 하면서 그걸로 자위하고 있잖아요. 가장 소중한 존재를 강간하는 기분이에요."

"좋아하니까 당연한 거지. 이야기 속 사람이든 실제로든 사랑에 빠지면 한 몸이 되고 싶다는 생각이 들게 마련이잖아. 마냥 순수한 감정은 아니지만, 육체가 반응할 만큼 사랑한다는 뜻이니까 더럽히는 게 아냐."

"정말 그럴까요……? 전 그들에게 진짜 말로 할 수 없는 짓들을 하고 있는데도? 사랑이라는 핑계로 그 죄를 덮어도 되는 걸까요?"

아미의 말에 나는 목이 메어 아무 대답도 하지 못했다.

라피스와 섹스했다고 주장하는 나를 보고 당혹스러운 표정으로 그건 마스터베이션이라고 했던 미즈우치와 주리가 떠올랐다.

그렇지만 그들과 섹스를 했고, 서로 사랑을 나누었다는 내 생각에는 변함이 없었다. 하지만 그건 단순히 나의 오만이었던 걸까. 아미의 말대로 그들을 강간해온 것이었을까.

입을 다문 나에게 아미는 밝은 목소리로 말했다.

"죄송해요. 선배한테 이런 소리나 해서 어쩌겠다는 건지. 하소연이나 들어달라고 오늘 밖에 나와서 먹자고 한 게 아닌데. 저기, 요새 생각하는 게 있어서 회사를 그만둘지도 모르겠어요."

"뭐?"

놀라서 고개를 들자 아미는 황급히 말했다.

"당장 그만둔다는 건 아니에요. 사실 아이를 낳고 싶거든요. 전부터 생각해왔던 일이라 돈도 모아놨어요. 우리 회사는 육아휴직을 내면 복직하기 힘들잖아요. 그래서 회사를 관두고 아이가 어린이집에 들어갈 때까지는 모아둔 돈으로 어떻게든 버텨보고, 그다음에 재취직 자리를 찾아보려고요."

"그렇구나……."

"물론 아직 인공수정할 병원도 안 정했고, 시간이 좀 걸릴 것 같지만요."

나는 웃으며 말하는 아미에게 물었다.

"상대가 있는 게 낫지 않아? 적금만으로는 힘들잖아."

아미는 떨떠름한 표정으로 대답했다.

"생각 안 해본 건 아닌데……. 다른 사람과 같은 공간에 있는 건 역시 못 견디겠어요. 내 속으로 낳은 자식이라면 모를까 피 한 방울 안 섞인 남과 한집에 있는 건 뭔가 청결하지 않은 느낌이랄까. 아, 죄송해요. 선배한테 뭐라고 하는 건 아니고 그냥 저는 못 할 것 같아요. 자궁이 있어서 다행이에요. 이런 선택지도 있으니까요."

"그래……."

맞장구를 치는 게 고작이라 그 뒤로는 식사도 제대로 하지 못했다.

자궁이 있어서 다행이다. 그 말이 줄곧 귓가에 남았다. 만일 자기가 자궁을 갖고 있었다면, 남편은 과연 나를 택했을까. 나를 가족이라 여기는 건 나에게 자궁이 있기 때문일까.

분명히 배가 고팠는데 주문한 튀김 국수는 끝까지 먹지도 못하고 절반 이상을 남겼다. 아미는 그런 내 마음을 아는지 모르는지 좋아하는 캐릭터 이야기를 쉬지 않고 계속했다.

나는 그녀의 청결한 세계에서 태어나 자랄 아이를 상상해 보려 했지만, 머릿속에 안개가 낀 듯 흐릿해서 아이의 모습은 떠오르지 않았다.

초등학교 이후로 내가 남녀의 교미를 통해 태어났다는 사실을 아무에게도 이야기하지 않았다. 남편에게도 하지 않았다. 주리에게만은 그 사실을 털어놓았다.

고등학교 때였다. 전시회가 끝난 그날 미술실에는 나와 주리밖에 없었다. 주리는 진지하게 그림을 그렸고, 나는 차를 끓여서 마시고 있었다.

"그림 안 그릴 거면 집에 가. 내가 문 잠그고 갈 테니까."

고개를 절레절레 저으며 말하는 주리에게 나는 조금만 더 있겠다고 말하고는 하염없이 창밖을 바라봤다.

"왜 그래? 할 말 있어?"

"그건…… 아닌데."

나는 고개를 숙였다. 빨리 말하라는 듯 나를 보는 주리를 향해 속삭이듯 말했다.

"주리네…… 부모님은 어떤 분이셔?"

"평범해. 아빠는 바빠서 집에 잘 없고 엄마는 평범한 전업 주부야. 가끔 아빠랑 엄마가 각자 애인을 데려와 홈 파티를 하는 게 좀 귀찮은 정도랄까."

"그렇구나……. 사이가 좋으시네."

"두 분 다 애인하고 오래 사귀었거든. 엄마하고 아빠 애인은 비슷한 나이에 친구처럼 지낸다니까. 둘이서 같이 여행 갈 정도로. 뭐, 난 별로 관심 없지만. 연애는 어차피 오락거리잖아."

"있잖아……. 난 아빠랑 엄마가 교미해서 태어났대."

"어……?"

"불결해? 일부러 병원에서 피임 기구를 제거하고, 부부끼리 교미해서 날 낳았대. 아빠는 내가 철들 무렵에 이혼하고 집을 나갔지만, 엄마와 근친상간한 사람이라는 생각만 하면 지금도 구역질이 나. 집에 사진이 있긴 한데 되도록 안 봐."

"……."

"가끔 그런 생각이 들어. 엄마는 나한테도 저주를 건 게 아닐까? 난 인간하고도 연애하잖아. 어린 시절 엄마가 옛날 책을 잔뜩 보여준 탓에 나도 장차 결혼하면 가족인 남편과 근친상간해서 아이를 낳는 게 당연하다고 생각했어. 나중에 '올바른 세상'이 무엇인지 알게 되기는 했지만, 아직도 몸속에 그 저주가 남아 있는 것 같아."

"……."

주리는 잠시 뜸을 들이더니, 허리를 꼿꼿이 펴고 붓을 움직이며 말했다.

"그게 뭐 어때서? 상관없어. 지금 눈앞에 있는 네가 전부야. 그리고 '올바른 세상'이고 뭐고, 백 년 전까지는 상식으로 통했던 가치관이잖아. 백 년 전에는 상식이었던 세상에서, 백 년 후에는 비상식이 된 세상으로 시간을 건너뛴 거라고. 그뿐이야."

"그런가……. 하지만 어떻게든 확인하고 싶어져. 좋아하는 사람이 생기면 그 발정의 형태가 엄마와 같은 종류인지 아닌지 확인하지 않고는 견디질 못하겠어. 내 섹스가 엄마가 했던 교미와 다르다는 걸 확인하면 마음이 놓여. 그래서 사랑에 빠지면 반드시 상대와 몸을 섞는 거고. 이런 내가 더럽니?"

"아니. 그냥 부질없다는 생각만 들어. 올바른 발정 같은 건 존재하지 않는걸."

"그럴지도 모르지만, 난 마음 놓고 발정하고 싶어. 인간과 사랑에 빠질 때마다 엄마의 저주가 아닐까 오싹해지거든. 그런 건 이제 지긋지긋해."

"그러니까 안전한 발정 같은 건 없다니까. 인간은 점점 진화를 거듭해서 영혼의 형태며 본능도 바뀌어가잖아. 완성된 동물 같은 건 이 세상에 없으니 완성된 본능도 존재하지 않지. 누구나 진화의 과정에 있는 동물일 뿐이야. 그러니까 세상의 상식과 부합하든 하지 않든 그건 우연에 불과하고, 다음 순간에는 무엇이 옳은지 판단할 수 없어지는 거지."

"……."

"우리는 진화의 순간을 살아가는 거야. 언제나 그 길을 가는 '도중'이라고."

"잘…… 모르겠어. 그럼 인간은 언제 완성되는데?"

"완성은 없어. 크로마뇽인이었을 때는 그게 완성형이라 여겼을 테고, 오스트랄로피테쿠스였던 시절에도 그랬겠지. 두개골과 장기의 형태도 손발의 길이도 계속 바뀌었잖아. 그에 수반하는 영혼이나 뇌 같은 건 그보다 더 쉽게 변화한다고. 올바르다는 개념 자체가 환영이야. 끝없이 추구해도 결코 따라잡을 수 없을걸."

주리는 딱 잘라 말하더니 "쓸데없는 소리 말고, 그림 안 그릴 거면 청소나 해. 전에 썼던 칠보공예 도구나 정리하라고"라며 미술실 구석을 가리켰다.

"주리는 사람 부리는 게 험하다니까……."

말은 그렇게 했지만 나는 그녀의 서툰 정을 느끼며 얌전히 청소를 시작했다.

주리가 그리던 정물화의 배경은 푸른색에서 노란색으로 점점 옅어지고 있었다. 나도 저 배경처럼 변화하는 '도중'의 색인 걸까. 그렇게 생각하자 어째서인지 눈시울이 뜨거워져서, 고개를 숙이고 손톱을 바라봤다.

주리는 이후 그 일에 대해서는 일절 언급하지 않았다. 어른이 되어 결혼을 하고 아이를 낳은 뒤에도 그 화제를 꺼내는 일은 없었다. 하지만 가끔 어렴풋이 그때 일을 떠올리곤 한다. 그때 주리가 했던 '도중'이라는 말이 내 숨통을 틔어주기도 하지만, 그렇기 때문에 나만의 진실을 언제까지고 확인하고 싶다는 생각이 더욱더 강하게 들기도 한다.

그래서 지금도 나는 사랑을 할 때마다 확인한다. '현재' 내 성애의 형태가 어떠한지 실험을 하듯 이 눈으로 확인하지 않고는 견디지 못하는 것이다.

토요일 점심, 나는 같은 맨션 504호의 초인종을 눌렀다.

책을 받아서 감사하다는 인사를 하기 위해 얼마 전에 만났던 남성의 집을 찾아간 것이다. 고민 끝에 백화점에서 홍차 세트를 샀다. 집에 아무도 없으면 봉투를 문고리에 걸어놓고 오려고 했는데 초인종을 누르자마자 바로 문이 열렸다. 그의 아내였다.

외출 준비를 하는 중이었는지 갈색 머리카락 한쪽에 헤어롤이 매달려 있었다.

"저기, 느닷없이 찾아와 죄송합니다. 같은 맨션 주민인데, 얼마 전에 남편분께서 처분하려던 책을 받아서⋯⋯. 별것 아니지만, 감사의 뜻으로 가져왔어요."

그녀는 순간 놀란 듯했지만, 이내 얼굴 한가득 환한 미소를 지으며 내 소매를 잡았다.

"아, 감사합니다! 남편한테 얘기는 들었어요. 멋진 분을 헌팅했다고요! 설마 직접 오실 줄은 몰랐어요! 잠시만요, 방에 있으니 바로 불러올게요."

그녀는 서둘러 복도를 지나 안쪽 문을 열고 "미즈히토!

전에 말했던 그분 오셨어!" 하고 신이 난 목소리로 외쳤다.

잠시 후 쿵쾅거리는 소리가 들리더니 안에서 얼마 전 만났던 남자가 오렌지색 티셔츠에 황급히 팔을 껴 넣으며 나왔다.

"기다리셨죠! 죄송합니다."

"아니에요, 저야말로 갑자기 찾아와서 죄송합니다. 혹시 아직 쉬는 중이셨나요?"

남자는 자다 일어난 듯 머리카락이 뻗쳐 있어서, 일전에 보았을 때보다 훨씬 어려 보였다.

"아, 벌써 오후죠. 어제 너무 마셔서……. 속옷만 입고 뻗어 있었네요."

쑥스러운 듯 웃는 그의 얼굴을 보니 나도 웃음이 나오려 했다.

"갑자기 찾아와서 죄송해요. 주신 책은 재밌게 읽었어요. 감사하다는 인사를 꼭 드리고 싶어서요."

"아니에요, 인사는요. 하지만 이렇게 찾아 와주셔서 감사합니다. 아, 저 커피 좋아해요."

"아, 죄송해요. 이건 홍차예요."

남자는 황급히 종이봉투를 들여다보더니 얼버무렸다.

"아, 사실 홍차도 좋아합니다. 내가 무슨 소리를 하는 거지. 아니, 또 만나고 싶었거든요. 하지만 같은 맨션인데도 영만날 기회가 없어서……."

그의 아내가 머리를 매만지며 현관으로 나오더니 남편의 등을 찰싹 때렸다.

"만나서 기쁘다고 솔직히 말해. 이 사람, 정말 멋진 여성을 만났다면서 그날부터 매일 쓰레기를 버리러 가는 거예요. 중학생도 아니고 어찌나 우습던지."

"시끄러워. 빨리 나가, 남자친구 기다리겠어."

"네, 그럼 전 나가볼 테니 천천히 놀다 가세요."

신발장에서 구두를 꺼내 신은 아내는 나에게 인사를 건넨 뒤 집을 나갔다.

"죄송합니다, 집사람이 너무 털털하죠?"

"아니요, 참 멋진 분이시네요. 오늘 데이트 약속이 있으신가 봐요."

"네. 요즘 연하 남자친구가 생겼거든요. 자기가 신이 난다고 저까지 맨날 그런 쪽으로 놀려댄다니까요. 아까 미니스커트 입은 거 보셨죠? 남자친구가 어리다고 들떠가지고는."

상기된 얼굴을 감추려는 듯 속사포처럼 떠드는 남자를 보고 있으려니, 나까지 쑥스러워져서 무슨 말을 해야 할지 알 수 없었다.

오렌지색 티셔츠 아래로 쇄골이 보였다. 그 모양새가 아름답다고 생각한 그때, 이미 내 안에서는 충동이 꿈틀거리고 있었다.

"이거 레몬 홍차인가요? 향이 엄청 좋네요."

캔을 열고 냄새를 맡는 남자에게 다가가려다 나는 잠시 비틀거렸다.

"괜찮으세요?"

남자는 황급히 나를 부축했다.

순간적으로 붙잡은 티셔츠 자락에 그의 체온이 스며들어 있었다.

아, 몸이 말하고 있다.

내 몸속에서 소리가 들렸다. 닿고 싶다. 그의 체온을 더 느끼고 싶다. 나는 이때 완전히 사랑에 빠진 건지도 모른다.

답례로 식사를 대접하겠다는 말에 "별말씀을요, 제가 감사해서 인사드리러 온 건데 그럴 순 없어요"라고 대답하자 그는 "그럼 옥상에서 바람이나 쐬실래요?" 하고 제안을 건넸다.

"여기 옥상 가보신 적 있으세요?"

"없어요. 철망이 있어서 못 들어가지 않나요?"

"저는 가끔 가요. 철망은 그냥 건너뛰면 되죠! 날씨도 좋은데 옥상에서 피크닉이나 할까요? 마침 집에 와인하고 샌드위치가 있거든요."

"멋지네요. 가보고 싶어요."

옥상에서의 피크닉. 그 말에 이끌려 나는 반사적으로 고개를 끄덕였다.

나는 샌드위치와 치즈를, 그는 와인 잔과 화이트와인을 들고 옥상으로 올라갔다.

이 맨션은 11층 건물이었다. 그의 말대로 계단을 올라가 '출입금지'라 적힌 철망을 넘어갔더니 아무도 없는 옥상이 펼쳐졌다.

"가끔 여기서 야경을 보면서 맥주를 마시는데 죽여줘요. 탁 트여서 경치도 좋고요."

"듣기만 해도 좋네요. 전 여기 살면서 한 번도 와본 적이 없어요."

샌드위치와 안주로 가져온 치즈를 펼쳐놓고 우리는 화이트와인으로 건배를 했다.

"우와, 달다."

그가 가져온 와인은 꽤 단맛이 강했다.

"미즈히토라고 해요?"

"네?"

"이름이요. 아직 이름을 못 들었잖아요. 아까 아내분이 그렇게 부르는 걸 들었어요."

"아니요, 원래는 미즈토라고 읽어요. 물 수ᵂᵃᵗᵉʳ에 사람 인ᴾᵉʳˢᵒⁿ을 써요. 아내는 부르기 힘들다고 미즈히토라고 부르는 거고요."

"미즈토, 좋은 이름이네요."

"그쪽은요?"

"전 비 우ᴿᵃⁱⁿ에 소리 음ˢᵒᵘⁿᵈ을 써서 아마네라고 해요."

"그렇구나. 둘 다 물과 관련된 이름이네요."

미즈토는 기쁜 듯 웃었다.

미즈토의 아내가 만들었다는 샌드위치를 먹으며 나는 말을 이었다.

"그때 미즈토 씨는 책을 버린 게 아니라 연인을 버린 거였죠?"

"네?"

"책을 읽어보니 알겠더라고요. 거기 나오는 소녀 중 누군가를 좋아했던 거죠?"

미즈토는 겸연쩍은 표정으로 대답했다.

"첫사랑을…… 버리던 중이었죠. 연인들이 너무 많아져서 정리하려던 참이었어요. 여섯 명만 남기고 나머지를 버렸죠."

"그러셨구나."

"하지만…… 결국 한 명 늘었네요."

그는 난처한 표정으로 말했다. 손끝이 내 머리카락 끝을 순간 스치고 지나갔다.

나는 금세 멀어진 그 손을 황급히 붙잡아 꼭 쥐었다.

미즈토는 놀란 눈치였지만, 내가 말없이 손에 힘을 주자 어깨에서 힘을 뺐다.

"미즈토 씨 손등…… 혈관이 굉장하네요."

쑥스러워진 나는 상관도 없는 말을 던졌다.

"팔은 더 대단한데요."

미즈토도 쑥스러운지 손을 잡은 채 한쪽 팔을 들었다. 볕에 탄 까무잡잡한 피부에 파란 혈관이 곤두서 있었다.

"간호사들한테 주사 놓기 쉽다는 소리 자주 들어요."

"무슨 운동 같은 거 해요?"

"농구하고 축구를 하긴 하는데, 팔 근육은 아마 직업 때문에 생겼을 거예요. 택배를 배달하거든요. 매일같이 무거운 박스를 들고 다니니까."

"그렇구나."

미즈토의 혈관을 만지고 싶어서 견딜 수 없었지만, 간신히 참았다.

"아마네 씨는 인간과도 사랑에 빠지는 스타일이에요?"

미즈토가 진지한 표정으로 말했다.

"네…… 그래요."

"다행이다."

"당신은요?"

"나도 몇 번 사귀어봤어요."

"그렇구나. 다행이네요. 인간과 '저쪽 세상' 사람 모두와 사랑에 빠지는 사람은 요즘 잘 없잖아요. 나는 그쪽이지만."

"'저쪽 세상'이 뭐예요?"

"아, 난 이야기 속에 사는 사람들을 그렇게 불러요. 가깝고도 먼 세계니까요. 중학교 때 사귀었던 남자친구한테 배운 말이에요."

"그렇구나, 뭔가 신비로운 느낌이네요. '호두까기 인형' 같아요."

미즈토는 웃으며 말을 이었다.

"난 캐릭터와의 연애는 인간과의 연애와 전혀 다르다고 생각해요. 병행할 수도 있고, 캐릭터를 향한 그런 감정은 뭐랄까 강제적으로 그런 감정을 끌어내는 것 같아서 지칠 때가 있거든요. 거리를 걸을 때도 텔레비전을 볼 때도 우리를 발정시키거나 유사연애를 하기 위해 만들어진 존재들이 억지로 그런 감정 상태를 만들어주잖아요. 어느새 정신을 차려보면 돈을 뜯기고 있더라고요. 뭔가 속는 기분이에요. 룸살롱에 갔더니 진짜 사장은 야쿠자였다. 그런 느낌?"

"그렇구나……. 남자들은 더 그럴 수도 있겠네요. 고등학교 때 친구가 엄청난 독설가인데, 캐릭터들은 우리의 성욕처리를 위한 소모품이라고 했어요. 표현이 좀 심하죠."

"음, 나는 굳이 따지자면, 내가 소모되는 기분이 들어요. 우리에게 유사연애 감정을 심어놓고 낭비를 유도하는, 그런 벗겨먹기 위한 유사연애 시스템에 어느새 말려든 느낌? 실제로 경제가 그렇게 돌아가잖아요. 여기저기 사랑에 빠지게 해서 돈을 버는 산업뿐이고, 나는 그들이 노리는 소비자고요. 그래서 다 싫고 미워질 때가 있어요. 캐릭터에게 죄가 없다는 건 알지만요. 그래서 수를 좀 줄이려고 정리를 시작한 거예요."

"그랬군요……."

미즈토도 아미도 인간이 아닌 연인을 '캐릭터'라고 불렀다. 나는 도저히 그렇게는 생각할 수 없었기에 모호하게 고개를 끄덕였다.

"아, 너무 마셨나 봐요. 와인은 금방 취하더라고요."

미즈토는 불그스레한 얼굴로 그렇게 말했다. 나는 그의 팔에 앉은 딱지를 만졌다.

"아플 것 같아."

"괜찮아요. 몸 쓰는 일이라 이런 생채기 같은 건 질리도록 생겨요. 이쪽에도 많잖아요. 하지만 하나도 안 아파요."

바짓단을 걷자 정강이 부분에도 딱지가 앉아 있었다.

남편이나 나는 그런 상처가 생기는 일이 거의 없었기에 오랜만에 커다란 딱지를 보니 왠지 반가운 마음이 들었다. 나는 살며시 손을 뻗었다. 두껍고 거친 미즈토의 피부에는 딱지와 수국 모양의 진한 보라색 멍이 여기저기 퍼져 있었다. 우리 부부와는 다른 소재로 이루어진 피부 같다고 생각했다.

"재밌어요?"

자신의 상처와 피부를 진지한 표정으로 만져대는 나를 보고 미즈토는 웃음을 터뜨렸다. 그의 커다란 눈동자가 작아지는 것을 보니 살갗을 만지는 손끝이 저려왔다.

"섹스…… 해본 적 있어요?"

느닷없는 질문에 그는 놀란 듯 고개를 저었다.

"없어요. 교미를 말하는 거죠? 애인은 있었지만, 그런 고풍스러운 행위는 해본 적이 없어요."

"그렇군요."

"혹시 아마네 씨는 해봤어요?"

"네. 사귀는 사람하고는 늘 했어요."

"그렇구나. 내 주변에는 그런 사람이 별로 없어서 이 세상에서 섹스란 건 이미 사라진 줄 알았어요."

"아직 간신히 숨은 붙어 있어요."

미즈토는 손깍지를 끼며 말했다.

"그게 당신의 애인이 되기 위한 조건이라면, 할게요."

"조건 같은 게 아니라, 그냥 늘 해왔던 일이에요."

"그걸 하는 것과 안 하는 게 뭐가 다르죠? 과거에 존재했던 교미의 잔재잖아요."

"맞아요, 그래서 교미하는 기분이 들어요. 그러면 안심이
되죠."

이번에는 미즈토가 내 머리를 쓰다듬었다. 내 머리카락
사이로 감겨드는 그의 손끝은 분명히 남편과는 다른 종류의
열기를 띠고 있었다.

우리는 손을 잡은 채 미즈토의 집으로 돌아와 거실 소파
에 나란히 앉았다.

"뭔가 도구나 따로 준비가 필요한가요?"

"괜찮아요. 서로의 성기만 있으면 돼요."

나는 치마와 속옷을 벗고, 그는 청바지와 속옷을 벗은 다
음 마주 보고 앉았다.

"이 상태로 먼저 뇌를 흥분시켜야 해요. 그러면 자연스레
성기의 준비가 끝나죠."

"알았어요."

우리는 하반신만 벗은 채 휴대전화로 성적인 이미지와 동
영상을 보며 각자 성기의 준비를 마쳤다.

나는 '연인'인 크롬의 동영상을 보았다.

"성기의 준비가 끝났는지는 어떻게 판단하는데요?"

"여자는 물이 나오고 남자는 딱딱해지면 준비가 끝났다고 보면 돼요."

"시도해볼게요."

잠시 우리는 말없이 각자 휴대전화를 들여다보았다. 성기의 준비가 끝났다고 느꼈을 때 나는 다시 입을 열었다.

"난 준비됐어요."

"나도 된 것 같아요. 여기서부터는 어떻게 하면 돼요?"

"'질 입구'라는 곳에 그걸 넣으면 되는데 아마 혼자서는 잘 못 찾을 거예요. 먼저 설명할게요."

나는 다리를 벌리고 '질 입구'를 가리켰다.

"내 눈에는 구멍이 잘 안 보이는데…… . 괜찮을까요?"

"꽤 신축성이 있는 소재라 괜찮을 거예요."

"신기하네요. 옛날 사람들은 이런 신비한 행위를 했던 건가요?"

"다들 평범하게 했다고 해요. 이게 인간 본연의 교미 형태거든요."

"진짜 신기하네요."

미즈토는 연신 감탄하며 페니스를 내 하복부에 삽입했다.

"이 상태로 허리를 움직이면 서로의 성기에 자극이 가요. 그러다 보면 미즈토 씨 성기에서 액체가 나올 거예요. 그럼 끝난 거예요."

"난이도가 상당하군요. 어떻게든 해볼게요."

우리는 시행착오를 겪으며 성기를 자극했고, 겨우 미즈토의 몸에서 정액이 나왔다.

지금까지 느껴본 적 없는 강한 아픔이 메말라 있던 질 속을 내달렸다. 몸속으로 물이 흘러 들어오는 감각이 여느 때보다 신비하게 느껴졌다. 마치 그가 내 몸속에 비를 내리는 것 같은 느낌이었다.

미즈토의 성기가 내 안에서 빠져나가자, 피임 시술을 받으면 나오는 투명한 액체가 주르륵 밖으로 흘러내렸다. 중학생 시절 미즈우치에게서 나온 것과 같은 것이었다.

그는 내 허벅지를 타고 흐르는 그 액체를 훔치며 말했다.

"이게 정액이로군요. 그러고 보니 전에도 나온 적이 있었어요."

"몸이 좀 잠잠해지는 것 같아요?"

"네?"

"처음 섹스를 했을 때, 상대 남자애가 그러더라고요. 이 액체가 나오고 나면 몸이 잠잠해진다고. 그러고 보니 그 애 이름도 미즈우치였어요. 미즈토 씨처럼 물이 들어가는 이름이죠."

"역시 아마네 씨는 물과 인연이 있네요. 하지만 나는 잠잠해지진 않는 것 같아요. 더욱더 들끓기 시작했거든요."

미즈토는 내 셔츠에 얼굴을 묻었다.

"섹스는 교미라기보다 뭔가 의식 같네요. 다른 동물들도 교미할 때 이런 기분을 느낄까요."

나는 미즈토의 오렌지색 티셔츠 아래로 손을 넣어 척추를 쓰다듬었다.

"미즈토 씨는 뼈와 혈관이 곱네요."

"뼈요?"

"피부에 뼈가 불거져 있잖아요. 그게 참 예뻐요."

미즈토는 눈을 가늘게 뜨며 말했다.

"뼈와 혈관이 예쁘다는 칭찬은 처음 듣네요. 피부 아래 있어서 보이지도 않는데."

"피부 아래까지 좋아지는 게 사랑 아니에요?"

"그런가. 그럴지도 모르겠네요."

나는 그의 목덜미, 까만 피부 아래에서 뛰는 혈관을 손끝으로 어루만졌다.

"뭔가 엄청 졸려요. 의식을 치러서 피곤한 건가."

"졸리면 자요."

"뭔가 제물이 된 듯한 기분이에요."

미즈토는 눈을 감았다.

"나도 의식 같다고 생각해요."

나는 그의 이마에 입을 맞췄다. 미즈토는 새근새근 숨소리를 내며 잠이 들었다. 그 체온은 손을 뗀 뒤로도 계속해서 내 손바닥 안에서 감돌고 있었다.

인간 연인과 섹스를 하고 난 뒤에는 늘 어린 시절의 꿈을 꾸었다. 그 붉은 방에서 굳게 믿었던 것처럼, 나는 연인의 성기를 내 안에 넣는 습관을 끊어낼 수 없었다. 흡사 손가락을 빠는 아이처럼 어느새 점막으로 상대의 신체를 먹곤 했다.

그 한편으로 나의 행위는 아빠와 엄마가 했던 교미와는 다르며, 사랑만을 위한 의식이라는 외침이 가슴 안쪽을 할퀴어대기도 했다. 창밖은 회색빛이었다. 그 회색빛 속에 붉은빛이 섞여 있었다.

나는 도망치듯 고개를 돌려 잠든 미즈토의 티셔츠에 얼굴을 물었다.

"굉장하네. 정말 사랑이 시작됐어."

이튿날인 일요일, 집 근처 이탈리아 음식점에서 배운 돼지고기 토마토 스튜를 함께 만들며 있었던 일을 말하자, 남편은 환한 표정으로 내 이야기를 들었다.

"같은 맨션에서 사랑이 시작되다니 멋지네. 만나고 싶으면 언제든 만날 수 있잖아."

"그건 그렇지만, 평소처럼 대충 입고 신문 같은 거 가지러 못 가게 됐잖아. 쓰레기 버리러 갈 때도 신경 써야 하고."

"그건 좀 문제겠다. 그래도 난 부럽기만 해."

내 사랑 이야기를 꼬치꼬치 캐묻는 남편을 보고 쑥스러워진 나는 그의 등을 탁 치며 말했다.

"그만 떠들고 토마토하고 육수나 넣어!"

"이제 네다섯 시간만 푹 끓이면 돼."

"맛있게 되어야 할 텐데."

우리는 가스 불을 줄이고 소파에 앉아 함께 보리차를 마셨다.

"목이 마르네. 당신 맥주 마실래?"

"음, 요리가 다 되면 차가운 와인하고 같이 먹을래. 그때까지는 참으려고."

"그래? 그럼 난 먼저 마실게."

남편은 맥주를 가져와 컵에 따른 뒤 레몬을 띄워 마시기 시작했다.

"그게 뭐야? 그렇게 마시면 맛있어?"

"응, 깔끔하게 마시고 싶을 때 이렇게 마셔. 코로나에 라임 정도는 아니지만, 의외로 잘 맞아."

"한 모금만 줘."

"내가 마실 거냐고 물어봤잖아."

남편은 쓴웃음을 지으며 나에게 레몬즙을 넣은 맥주를 건넸다.

요리하는 동안 건조해진 목에도 술술 넘어가서, 결국 나도 레몬 조각과 잔을 가져와 같이 마시기 시작했다.

"당신은 요즘 여자친구하고 어때?"

별생각 없이 물은 말에 남편은 어두운 표정으로 힘없이 웃었다.

"난…… 여전히 별로야. 그래서 당신 이야기가 듣고 싶어. 해피엔딩을 향해 가는 행복한 이야기가 계속 듣고 싶어."

나도 남편의 사랑이 순탄하기를 바라고 있었다.

남편은 내버려 둘 수 없는 여동생 같았다. 천진난만하게 내 사랑 이야기를 들려달라고 조르지만, 정작 본인은 괴로운 사랑에 마음이 만 갈래로 찢기고 있었다.

"서로 사랑하는데 왜 그렇게 힘든 거야?"

"내 사랑은 늘 그래. 가지면 가질수록 늘 부족하고 고통스러워. 가슴이 삐걱거리기 시작하면, 톱니바퀴가 미쳐 돌아가는 것 같아. 그런 체질이 있는 걸까. 당신은 늘 행복해 보이는데."

"그런가……. 난 당신이 행복한 사랑을 했으면 좋겠어. 소중한 가족이잖아."

"고마워."

남편은 마음이 약해진 것인지 내 어깨에 머리를 기댔다.

그 머리칼의 감촉은 흡사 작은 새 같아서, 나는 어깨에 새 한 마리가 올라탄 기분이었다.

남편과 살을 맞댈 기회는 거의 없었던 까닭에 그를 생각하면 이 보드라운 머리칼의 감촉이 가장 먼저 떠올랐다. 작은 동물에 한없이 가까운 그 말간 체온이 머리칼 너머로 전해졌다.

"당신은 인간하고만 연애하고, 상대와 섹스도 하지. 그건 왜 그런 거야?"

"갑자기 그건 왜?"

"요즘에는 그런 사람 거의 없잖아. 나도 여태까지 사귄 모든 상대가 섹스는 나랑 하는 게 처음이라면서 신기해하더라고."

"그건 그렇지. 스무 살 때 격정적인 사랑에 빠졌었거든. 상대의 모든 것이 알고 싶어서 책을 뒤져서 알아봤어. 상대를 내 것으로 만드는 의식 같다고 생각했지. 그걸 해도 괴로움은 여전했지만."

"난 초등학생 때 사랑을 하면 그걸 해봐야 하는 줄 알고 시도했었어. 재미도 있었고 행복했지. 그때부터 애인을 사귀면 항상 해왔고."

"나도 그때부터 진짜 사랑에 빠졌을 때는 늘 했어. 이번에 야말로 의식이 성공하는 게 아닐까, 기도하는 마음으로."

"우리는 '마지막 아담과 이브'일까."

"그게 뭐야?"

남편의 웃음소리에 나는 안도감을 느끼며 말을 이었다.

"아담과 이브는 금단의 열매를 먹고 수치심과 사랑을 알게 되었다고 하잖아. 모두 금단의 열매와 정반대의 것을 따먹고 낙원으로 돌아갈지도 모르니까. 그때 마지막까지 남겨지는 인간이 바로 우리일지도 모르고."

"정말 그렇게 되면 좀 무서울 것 같은데? 낙원에서의 섹스는 사랑을 이루기 위한 의식이 아닐까?"

"섹스 자체가 없을지도 모르지."

"하긴……. 나도 세상에서 섹스가 점점 사라져가는 걸 느껴. 앞으로 50년쯤 지나면 이 세상에서 섹스를 하는 건 우리와 우리 연인들뿐일지도 모르지."

"두려워?"

"아니, 난 당신하고 함께라면 두렵지 않아. 우리는 가족이니까."

그렇게 말하고 보드라운 머리칼을 떨구며 나에게 기대오는 남편은 쇠약해질 대로 쇠약해진 고양이 같았다.

한동안 이야기를 나누던 우리는 위성방송에서 하는 시시한 영화를 보며 시간을 보내다 스튜가 완성되자 와인을 따라 건배를 나누고 저녁 식사를 시작했다. 켜놓은 텔레비전에서 저녁 뉴스가 흘러나왔다. 지바 현의 광경이 화면에 비쳤다.

"우리가 '마지막 아담과 이브'라면, 저곳은 인간이 언젠가 돌아갈 '낙원'일까?"

남편이 혼잣말처럼 중얼거렸다.

텔레비전 화면에는 질리도록 들어온 설명을 반복하는 아나운서의 모습이 나오고 있었다.

지바가 실험도시로 지정된 지도 벌써 10주년입니다. 각지에서 축하 분위기가 고조되어 다양한 이벤트를 준비하고 있습니다.

아시다시피, 실험도시 지바에서는 '가족'이라는 시스템이 아니라 심리학, 생물학 등 여러 관점에서의 연구를 통해 탄생된 새로운 시스템 속에서 주민이 아이를 키우며 생명을 이어갑니다.

컴퓨터로 선정된 주민은 매년 12월 24일에 일제히 인공 수정을 합니다. 수정하는 주민은 컴퓨터로 관리되며, 건강 상태와 과거의 출산 횟수 등을 고려하여 선발됩니다. 인구는 너무 많지도, 적지도 않도록 조절되고 있고 적정한 수의 신생아가 태어나도록 완벽하게 관리됩니다.

남성은 인공자궁을 이식하여 수정합니다. 올해도 남성

인공 자궁 이식자 중에 임신 성공자는 나오지 않았습니다만, 500명이 착상 단계까지 성공하였고, 그중 네 명이 몇 개월 동안 자궁 안에서 아이를 키우는 데 성공했습니다. 어쩌면 내년에는 남성의 출산이 가능해질지도 모른다는 기대감이 높아지고 있습니다.

인공수정으로 출산된 아이들은 즉시 센터에 맡겨집니다. 아이들은 열다섯 살이 될 때까지 센터에서 제공하는 의식주를 받으며, 열다섯 살이 되어서 '수정'할 수 있는 나이가 되면 성인으로 간주되기에 센터를 나가야 합니다.

그들의 세상에서는 모든 어른이 모든 아이의 '어머니'가 됩니다. 어른은 모든 아이를 돌보며 애정을 쏟습니다.

첫 번째 인공수정으로 현재 여덟 살이 된 아이가 '가족 시스템'에서 자란 아이보다 더 동등하고 안정된 애정을 받음으로써 정신적으로도 안정성을 보이며, 두뇌와 육체 모두 우수하다는 사실이 이미 증명된 바 있습니다. '가족'의 부재로 발생하는 불평등을 아이가 짊어지지 않아도 됩니다. 모든 아이가 모든 어른에게 사랑받으며 자라는, 말 그대로 '에덴'과 같다는 뜻에서, '에덴 시스템'이라 명명되었습니다.

12월 24일에 일제히 수정된 아이들의 출산 시기는 8월 말부터 9월 중으로, 바야흐로 그 계절이 돌아옵니다.

곧 시작되는 열한 번째 수정 준비를 기념해 각지에서 축하 행사가 열리고, 시찰을 겸해 각국에서 요인들이 방문할 예정입니다.

머지않은 미래, 인류는 '가족 시스템'이 아니라, 이 새로운 '에덴 시스템'으로 번식할 것이라 예상합니다. 미래 인류의 모습을 최첨단 기술로 실현해가는 이 실험도시에서 뛰어난 실험성과 그에 이르기까지 노력한 연구자들의 모습을 담은 특집 방송을 오늘 밤에 자세히 전해드릴 예정입니다.

"이제 이 세상에는 가족이라는 개념이 사라지고 있네. 머지않아 금단의 열매의 효력이 다 떨어져서 인류가 다시 낙원으로 돌아가 버리는 거 아닐까."

그럴 리가 없다고 생각하면서도 어째서인지 그런 말이 튀어나왔다.

"섹스는 그렇다 치더라도 가족 없는 세상이 정말 잘 돌아가겠어?"

"글쎄, 하지만 그런 게 성공한다면 정말 놀라울 것 같아."

남편은 관심을 보이며 목을 빼고 뉴스를 보고 있었다.

"별일이네. 당신이 이런 뉴스에 관심을 가지다니."

"아니, 굉장하잖아. 인류의 거대한 실험이라고. 가족이라는 시스템이 아닌 새로운 시스템 속에서도 인간이라는 동물이 번식할 수 있을까 하는. 만약에 성공한다면 획기적인 사건이잖아."

남편은 흥분한 어조로 말하더니 이내 황급히 나를 돌아보며 말을 이었다.

"그래도 역시 '가족' 없는 세상이 잘 굴러갈 리가 없지. 그런 세상이 혹시라도 잘 돌아가기 시작한다면, 우리가 사는이 세상이 사라지는 거나 마찬가지니까."

"맞아. 그런 게 잘될 리 없어."

"생명을 생산하는 공장이라니, 뭔가 께름칙해."

실험도시를 마뜩잖게 여기는 듯한 남편의 말에 나는 안도의 한숨을 쉬었다.

"와인 마실까? 전에 마시다 맛없어서 둔 거 있잖아. 과일향은 남아 있을 테니까 상그리아로 만들어서 마시자."

"그럴까?"

우리는 와인에 오렌지와 키위를 넣어 건배했다.

레시피를 보고 그대로 따라 했는데, 완성된 것은 왠지 밍밍해서 가게에서 먹었던 그 맛이 나지 않았다.

"토마토를 너무 넣었나?"

"음, 나는 이대로도 괜찮은데? 더 끓이면 간이 좀 맞지 않을까?"

실패한 음식도 공유할 수 있는 것이 가족의 장점이다.

만일 가족이라는 개념이 이 세상에서 없어지면, 이런 시간도 함께 사라지는 게 아닐까. 그럴 리 없다고 생각하지만 이미 실험은 진행되고 있었다. 섹스도 과거에는 당연히 이루어지던 행위였는데, 우리 세상에서는 점점 사라지고 있었다. 홀로 남겨진 기분이 들어 화면에서 눈을 돌리고는 다시 와인을 마셨다.

아담과 이브는 낙원에서 나온 첫날밤을 어떻게 보냈을까.

식탁 위에 놓인 식어버린 빵 조각을 바라보며, 나는 빈 잔에 와인을 따랐다.

지도를 보며 긴자의 레스토랑에 겨우 도착했을 때, 미카와 에미코는 이미 룸에 앉아 메뉴를 펼치고 있었다.

"미안, 좀 헤맸어."

"너 방향치인 게 어제오늘 일이야? 일부러 건배 안 하고 기다리고 있었어."

"뭐 마실래?"

나는 샴페인을 주문하고 자리에 앉았다.

미카와 에미코는 고등학교 동창이었다. 주리를 포함해 넷이서 잘 어울렸고, 어른이 되어서도 종종 만나 식사를 했다.

"주리는?"

"아이가 아직 어리잖아. 오늘은 못 나올 것 같대."

"걔는 너무 세련돼서, 없는 게 마음 편할 때가 있어."

에미코가 어깨를 으쓱하며 말했다.

"주리가 예쁘긴 하지만, 털털하고 성격 좋잖아."

내가 슬쩍 편을 들자, 미카가 말했다.

"얼굴 얘기가 아니라 주리는 캐릭터하고 연애하는 걸 우습게 보잖아. 고등학생 때부터 그랬어. 나쁜 애는 아닌데 그런 면은 좀 불편해."

미카와 에미코는 인간과 연애해본 경험이 없었다. 친구 중에는 그런 사람이 많았다. 섹스뿐 아니라 인간끼리의 연애도 이 세상에서 사라지고 있는 건지도 모른다.

미카는 결혼이라는 제도에 얽매이지 않고 일찍 혼자 아이를 낳았다. 큰딸이 초등학교 5학년이고, 아들도 내년에 초등학교에 입학한다. 에미코는 딱히 아이를 갖고 싶지는 않아서 이대로 살 거라고 했다. 머지않은 미래, 비혼이야말로 보편적인 삶의 형태가 될 것이란 '예감'이 들었다. 고등학교 동창 넷 중에서 기혼자는 주리와 나뿐이었다.

"미카, 혼자서 아이 키우기 힘들지?"

"힘들지. 하지만 룸메이트가 프리랜서라 의지가 많이 돼. 여자 셋이서 같이 사니까 얼마나 편한지 몰라. 결혼보다 이게 나아."

미카는 그렇게 말하며 웃더니, 내 얼굴을 보고 황급히 둘러댔다.

"그래도 역시 경제적인 면을 생각하면 남자와 같이 사는 게 낫지. 결혼제도와 잘 맞는 사람은 적극적으로 이용하는 게 좋은 것 같아."

나는 이해관계만으로 남편과 함께 사는 게 아니었다. 그렇게 주장하는 것도 왠지 바보 같아서, 나는 웃으며 적당히 대꾸했다.

"여자 셋이라 좋겠다. 재밌을 것 같아."

"솔직히 마냥 편하진 않아. 그래도 셋이 같이 저축도 하니까 사실상 셋이서 결혼한 셈이지. 나름대로 고충도 있어서 한 명이 똑 부러지지 않으면 안 돼."

"그렇겠지? 아이만 안 낳으면 혼자서도 별문제 없으니까 역시 난 혼자 살래."

에미코가 어깨를 으쓱했다.

다양한 방식으로 살아가는 사람들이 늘어나면서, '아마네는 왜 결혼했어?'라는 물음에 점점 뭐라 대답해야 할지 말문이 막혔다.

결혼을 내 종교로 삼을 생각이거든.

이것이 가장 간결한 대답이었지만, 제대로 설명할 자신이 없었다.

미카와 에미코는 주리가 본인들을 무시한다고 했지만, 나는 오히려 두 사람이 결혼한 우리를 무시하는 듯한 느낌을 받았다. '새로운 삶의 방식'을 택한 두 사람에게는 여전히 낡은 제도에 얽매여 있는 우리가 의문일지도 모른다.

각자 근황을 이야기하고 나서 우리는 연애 이야기로 넘어갔다. 미카는 1년 전부터 아침에 방영하는 마법소녀 애니메이션에 나오는 캐릭터에게 빠졌다고 한다. 에미코는 성인 남성의 매력에 눈뜬 듯, 지금은 CG영화에서 막후의 인물로 등장하는 남성 캐릭터와 연애 중이란다.

"아마네는 요새 어때?"

"나도 궁금해. 어른이 된 뒤로 인간하고도 연애한다는 얘기를 들었을 때 얼마나 놀랐는지. 우리한테는 자세히 얘기 안 했잖아."

"지금 사귀는 사람 있어?"

미즈토의 얼굴이 머릿속에 떠올랐지만, 나는 웃으며 얼버무렸다.

"지금은 없어. 잠시 쉬는 중이야."

"뭐야, 시시하게."

금세 관심을 잃은 두 사람은 화제를 바꾸었다. 미카는 초경을 맞이한 큰딸을 데리고 산부인과에 가서 피임 시술을 받았다고 한다.

"의학이 얼마나 발전했는지 몰라. 우리 때는 솔직히 좀 따끔했잖아. 요새는 통증이 전혀 없대. 시술 시간도 10분밖에 안 걸리고."

"그래? 세상 좋아졌네."

"효과는 더 좋아서 생리도 거의 안 한대. 요즘 애들은 좋겠어. 나도 최신 피임 기구로 교체할까 봐. 달마다 몸이 무거워서 죽겠어."

"보험 적용이 안 되면 비싸잖아. 하지만 이런 추세라면 임신할 때 말고는 생리하지 않고 살 수 있는 시대가 곧 올 것 같아."

"솔직히 필요 없잖아, 임신할 때 빼고는."

"세상 참 편해졌어."

친구들의 이야기를 들으며 나는 무의식적으로 아랫배를 감쌌다.

생리 중이었다. 매달 귀찮고 성가셨지만 생리가 사라진 세상을 상상하니 그건 그것대로 기묘한 느낌이었다.

또다시, 세상에서 무언가가 사라진다.

우리가 다녔던 고등학교는 지바 현의 산속에 있었다. 스쿨버스를 타고 논밭 사이를 한 시간이나 달려 다녔던 학교도 이제는 없다. 교사는 리모델링되어 아이들을 키우는 시설로 탈바꿈했다. 지바에 남아 실험 대상이 되는 걸 거부한 이들은 국가에서 보조금을 받아 다른 지역으로 이주했다.

엄마는 실험 대상이 되기 싫다며 집을 떠났지만, 두 친구의 부모님은 아직도 지바에 살고 있었다.

"고향이 점점 바뀌어가는 걸 보면 뭔가 섭섭해. 개발 정도면 몰라도, 완전히 다른 도시가 됐잖아."

"그러게……."

"세계적인 실험이라는 건 알지만, 뭔가 가슴이 아파."

"너희는 집에 자주 가?"

내 질문에 미카와 에미코는 얼굴을 마주 보며 낮게 신음했다.

"음……."

"이제 우리 부모님 같지가 않다고 할까. 집에 가도 우리 집 같지 않고."

"그래…… 그렇겠지."

"친구들은 만나고 싶지만. 동네 친구들은 아직도 많이 있거든."

"너희 어머니는 이사 가셨지? 요코하마에 자주 들러?"

"응, 자주 전화하시거든. 가끔 엄마 집에 가서 얼굴 보고 그래."

"부모님이 나이 들면 이것저것 걱정이 많아지지. 우리 부모님은 고향에 남아서 노후 걱정은 없어. 그만큼 자주 들르지만."

잔에 담긴 샴페인은 이미 미지근해진 지 오래였다. 나는 남은 샴페인을 비우고 와인을 주문했다.

"실험도시가 성공할까?"

그렇게 중얼거리자 미카가 어깨를 으쓱했다.

"글쎄."

"이 실험이 성공하면, 앞으로 선진국들은 다 그런 흐름으로 가는 건가."

"하지만 왠지 그게 더 자연스럽지 않아? 가족이라는 시스템은 현대를 사는 우리와 이제 맞지 않는 것 같아."

에미코가 혼잣말처럼 중얼거렸다.

"왜 사람들이 가족을 필요로 하는지 솔직히 잘 모르겠어. 살아가는 데 합리적인 방식이라서 그렇다고들 하잖아. 아이가 없는 경우엔 물론 그렇지. 합리성만 놓고 보자면 아이가 없는 게 낫다니까. 우리는 점점 진화하는데 가족이라는 시스템만 남아서 헛도는 느낌이야."

"그건 그래. 여자 셋이서 살아보니까 이것도 나름대로 합리적이더라고. 이제 곧 남자도 출산할 수 있는 시대가 올 테니 가족제도 같은 건 붕괴되지 않을까 싶어."

나는 음식에 딸려 나온 라임을 화이트와인에 집어넣었다.

"비싼 와인에 그걸 왜 넣어? 아깝게."

"뭐 어때, 이렇게 마시면 맛있단 말이야."

남편은 자기 입에 안 맞는 와인에는 바로 과일을 넣어 마셨다. 그 버릇이 옮은 모양이다.

그건 '가족'이기 때문일까. 라임을 띄운 화이트와인을 마시자 '가정'의 내음에 에워싸인 듯한 기분이 들어서 안도의 한숨을 내쉬었다.

미즈토와 나는 쉼 없이 만남을 이어갔다. 인간 연인에게 이토록 애틋한 마음을 갖고 날마다 보고 싶다는 생각을 한 건 처음이었다.

같은 맨션에 살아서 평일에도 마음만 먹으면 만날 수 있었다. 미즈토는 서서히 섹스에 익숙해졌지만, 왜 굳이 삽입을 해야 하는지 아직도 이해가 잘 가지 않는 모양이었다.

"뭔가, 몸 안쪽에서 키스하는 듯한 느낌이라 마음이 편안해져."

나는 그렇게 설명했다.

크롬을 향한 애틋한 연정은 차츰 옅어지고 있었다. 나에게 새로운 사랑은 그전에 했던 사랑의 아픔을 잊기 위한 마약일지도 모른다. 그래서 점점 더 강한 약을 찾게 되는 건가. 그런 나에게 미즈토는 더할 나위 없는 존재였다.

그의 집 말고도 맨션 안에는 아무도 찾지 않는 옥상이나 비상계단처럼 섹스를 할 만한 공간이 적잖이 있었다. 미즈토는 이름처럼 땀과 눈물, 정액 등 다양한 물을 흘리는 사람이었다.

"신기한 기분이야. 지금까지 배설하는 데 썼던 부분을 사랑을 나누는 데 쓰다니."

"연애 감정을 배설하기 때문이지 않을까? 난 그런 느낌이거든."

"그런가? 나는 하면 할수록 몸속에서 커져가는 느낌이 들어."

미즈토는 작게 웃었다.

"하지만 성욕은 해소되잖아. 몸이라는 게 원래 그런 구조니까."

"그건 그런데, 괴로워지는 것도 사실이야. 액체와 함께 몸에서 뭔가 광기 같은 걸 끄집어내는 느낌이랄까. 또다시 같은 행위가 하고 싶어지게. 아무리 시간이 지나도 해방되지 못할 거란 기분이 들어."

"성기를 연애하는 데 쓴다니, 신기하지?"

"응. 옛날 사람들은 다들 이렇게 연애했던 걸까."

섹스가 끝나고 샤워를 한 나는 옷을 입고 미즈토와 침대에 누워서, 고양이처럼 서로의 체온을 나누며 노닥거렸다.

우리는 이따금 과거의 연애에 관해 이야기했다. 미즈토는 '저쪽 세상' 사람과는 줄곧 연애를 해왔지만, 인간을 사귀는 건 내가 세 번째라고 했다.

'저쪽 세상'의 연인 중에 미즈토가 지금 가장 좋아하는 이는 매직 서커스단 소녀들의 우정을 그린 애니메이션, '핑크 매직 레볼루션'에 나오는 보라색 머리카락의 여자아이였다. 그의 방에는 그녀의 포스터가 잔뜩 붙어 있었다.

그녀 말고도 미즈토의 방에는 그가 지금까지 사랑했던 연인들의 포스터로 도배되어 있었다. 마치 내가 한시도 떼어놓지 않고 갖고 다니는 파우치 속에 들어가, 마흔 명의 연인과 즐거운 시간을 보내는 듯한 기분이라서 나는 기쁠 따름이었다. 미즈토가 지금까지 소중하게 키워온 사랑의 역사 속을 유영하는 듯한 느낌이랄까.

"아, 이 아이 귀엽다."

"3년 전쯤에 사랑했던 애야. 자기가 그렇게 말해주니까 너무 좋다."

미즈토는 생글거리며 웃었지만, 그녀들에게 느끼는 성욕에 관해 이야기를 하자 착잡한 표정으로 어깨를 으쓱했다.

"가끔 생각하는 건데, 우리 몸속에 정말 성욕이란 게 존재할까?"

"응?"

"텔레비전이나 만화를 계속 보는 사이에 말이지. 어느새 성욕이나 연애 감정의 '씨앗'이 우리 몸에 들어와서 그 안에 싹을 틔우고 자라는 게 아닐까. 그런 생각이 들 때가 있어."

"왜 그런 생각을 해?"

"착취당하고 있잖아. 그렇게 몸속에서 자라난 사랑이라는 감정과 성욕에 휘둘려서 엄청난 돈을 쓰고. 경제를 돌아가게 하기 위한 음모 아닐까?"

"그럴 리가."

웃음을 터뜨리는 나를 보고 미즈토도 웃었지만, 그는 이내 일어나 머리맡에 놓인 물을 마시더니 혼잣말처럼 중얼거렸다.

"하지만…… 가끔 정말 그런 기분이 들어. 성욕 같은 건 우리 본능 속에서 이미 오래전에 사라졌는데 몰래 몸속에 들어와 기생하는 게 아닐까 하는. '캐릭터'를 좋아하거나 거기에 빠지지 않았다면, 훨씬 합리적으로 살았을 것 같아."

"합리적인 인생은 너무 시시하잖아. 그리고 비합리적이니까 사랑이지. 미즈토는 사랑을 통해 좋은 영향을 분명히 받았을 거야. 사랑은 자기를 알아가는 공부이기도 하잖아. 그러니까 미즈토를 지금의 모습으로 만들어준 건, 그 사랑인 거야."

"그건 그렇지만······."

미즈토가 무슨 말을 하려던 순간, 문 열리는 소리와 함께 "나 왔어" 하는 목소리가 들렸다. 우리는 마주 보며 웃었다. 미즈토의 부인이 돌아온 모양이었다.

"어? 어머, 아마네 씨 왔어? 미즈히토! 왔으면 미리 말을 해주지."

"지금 나가."

미즈토가 방을 나가자, 나는 옷매무새를 가다듬고 집으로 돌아갈 채비를 했다. 벌써 저녁시간이었다. 가족끼리의 단란한 시간을 방해할 수는 없었다.

가방을 들고 나가려는 나를 보고 미즈토의 부인이 황급히 외쳤다.

"아마네 씨 왔구나. 벌써 가려고요? 저녁 먹고 가요."

"잘 놀다 가요. 너무 오래 있으면 미안하니까 이제 그만 가볼게요."

"뭐예요, 섭섭하게. 미즈토가 집으로 여자친구를 데려온 건 처음이에요. 인간과도 사귀어보라고 귀 따갑게 말했는데, 만화하고 애니메이션에만 푹 빠져서는…… 그래서 아마네 씨랑 사귄다고 했을 때 얼마나 좋았는지 몰라요. 사양하지 말고 저녁 먹고 가요."

"그래도……"

"아, 집에서 남편분이 기다리나요? 그럼 남편분도 불러서 같이 먹어요!"

"남편은 오늘 데이트하러 나갔어요."

"그럼 천천히 놀다 가도 되겠네요. 들어와요."

부인은 내 등을 두드리며 식탁으로 안내했다.

"매운 거 잘 먹어요? 오늘 저녁은 태국식 볶음국수하고 닭고기 무침인데. 아, 파파야 샐러드도 있어요."

"와, 진짜 좋아해요. 이런 걸 집에서도 만들 수 있구나."

"요리가 취미거든요. 자, 어서 앉아요. 금방 차릴 테니까."

우리는 식탁에 둘러앉아 태국 맥주로 건배를 했다.

부인은 미즈토에게 여자친구가 생긴 게 진심으로 기쁜지, 들뜬 목소리로 내 그릇에 이것저것 음식을 담아주었다.

"미즈토가 잘하고 있어요? 좀 둔감한 데가 있어서 걱정되더라고요."

"그만 좀 해, 정말."

미즈토가 쑥스러운 듯 말했다. 의좋은 오누이처럼 주거니 받거니 하는 두 사람을 보고 있으려니, 나까지 가슴이 따뜻해졌다.

"후식도 있어요. 배부른 거 아니죠?"

"먹을게요."

"잠깐만요, 금방 가져올게요!"

부인이 주방에서 후식과 차를 준비하는 동안, 미즈토가 나지막이 속삭였다.

"미안해. 불도저 같은 성격이라……. 여자친구가 생겼다니까 만나게 해달라고 얼마나 야단하던지. 자기가 와서 아주 신났어."

"아니야, 정말 멋진 부인인데?"

"꼭 잔소리 심한 누나 같아."

"아이 계획은 없어?"

"음, 그냥 이대로가 좋아. 아이가 없어도 충분히 즐겁고, 처음부터 그러기로 하고 결혼했거든."

"그렇구나."

나는 살며시 안도감을 느끼며 미즈토와 주방에서 바쁘게 움직이는 부인을 번갈아 보았다. 아이가 없어도 '가족'으로 잘 지내는 그들 부부를 보고 있으려니 마음이 편해졌다.

"당신 부부를 보고 있으면 뭔가 기분이 좋아져. 멋진 부부야. 아이 없이도 가족으로서 단란하게 살고 있잖아."

솔직한 마음을 전하자 미즈토는 의아한 표정을 지었다.

"자기네 집은 아니야? 남편분하고 엘리베이터에서 인사한 적 있는데 좋은 사람 같던데? 자기를 잘 부탁한다고 했어."

"응……. 하지만 요새 부쩍 불안해져. 내 주변에는 결혼 안 하고 혼자 아이를 낳은 친구들도 많고, 비혼이라 혼자 사는 사람도 많아. 남하고 그냥 같이 사는 것뿐인데 어떻게 가족이란 생각이 드느냐, 룸메이트하고 뭐가 다르냐, 그런 질문을 받기도 하는데……. 확실하게 대답할 수가 없어. 남편은 정말 나에게 소중한 존재인데."

"아, 나도 그런 소리 가끔 들어. 어떻게 피 한 방울 안 섞인 남한테 돈을 맡기느냐고. 신경 쓸 것 없어. 모르는 사람은 영원히 모를 테니까."

"하지만 좀 불안해. 지금 우리가 가진 '가족'이란 감각 자체가 몇십 년 뒤의 세상에서는 아예 사라져버리는 게 아닐까 하고."

목소리를 쥐어짜 말하고 나서 미즈토를 올려다보자, 그가 웃음을 터뜨렸다.

"그럴 리가. 걱정하지 마."

"그럴까……."

"난 어릴 때부터 가족을 소중히 여겼고, 지금도 가족이 가장 소중해. 항상 가족이 필요하다고, 또 가족이 소중하다고 진심으로 그렇게 생각하고 있어. 일이나 연애와 달리 인간의 본능 아냐? 가족이 생기길 바라는 건?"

"그런가. 그럼 실험도시는 실패하겠네."

"그딴 게 잘되겠어? 가족이 없는 상태에서 아이만 태어나는 세상이 잘 돌아가겠느냐고. 그리고 아이가 있든 없든, '나와 인생이 얽혀 있는 사람'이 인간에게는 필요해. 우리몸과 마음은 그런 걸 필요로 하게끔 만들어져 있어. 그러니까 다들 그런 세상에선 도망쳐 나올 거야. 가족이 필요해, 외로워서 죽을 것 같아 하면서."

장난스럽게 우는 시늉을 하는 미즈토를 보고 나서야 나는 굳어 있던 얼굴에서 힘을 빼고 웃을 수 있었다.

"그래…… 그렇겠지."

"그렇다니까!"

"무슨 얘기들 해? 나도 끼워줘. 푸딩 나왔습니다. 맛있어야 할 텐데."

미즈토의 부인이 태국식 푸딩을 담은 접시와 차를 내어 왔다.

사이좋은 두 사람을 보며 나는 푸딩을 먹었다. 그들을 보고 있으려니, 지금까지 품었던 막연한 불안이 조금은 옅어지는 것 같았다.

"왜요? 혹시 입에 안 맞아요?"

푸딩을 먹던 손을 멈추고 자신을 바라보는 나에게 부인은 당황한 듯 목을 빼며 물었다.

"안 맞기는요, 맛있어요. 그냥 행복해서 천천히 먹으려고요."

부부는 마주 보며 웃었다.

두 사람은 행동거지도 비슷했고, 웃는 표정도 어딘지 모르게 닮았다. '가족'으로 살아가는 동안 서로 닮아가는 것이겠지. 우리는 그런 종류의 생물이다. 그러니까 괜찮을 거야.

자신을 타이르듯 속으로 그렇게 되뇌며, 나는 달콤한 푸딩을 입안에 쑤셔 넣었다.

엘리베이터를 타고 집으로 올라가자 남편은 이미 들어와 오차즈케를 먹고 있었다.

"늦어서 미안. 오늘은 밖에서 먹고 오는 거 아니었어?"

"먹긴 먹었는데 좀 출출해서. 남자친구하고 같이 있다 오는 길이야?"

"응. 나도 좀 뺏어 먹어도 돼?"

나는 남편이 지어놓은 밥을 떠서 함께 먹기 시작했다. 미즈토의 집에서 먹은 음식들은 모두 맛있었지만, 이렇게 남편과 식탁에 둘러앉으면 안도감이 들었다. 이곳이 내 '집'이라는 사실을 재확인하는 기분이었다.

남편은 밥을 먹으며 태평하게 말했다.

"좋겠다. 남자친구하고 같은 맨션에 산다는 거. 언제든 볼 수 있잖아."

"직장도 있고 가정도 있으니까 그렇게 날마다 볼 순 없지. 밥은 가족하고 먹고 싶잖아."

남편은 오차즈케를 만들 때 굳이 물을 냄비에 끓였다. 늘 냄비에 끓여야 더 맛있다고 주장하는데 솔직히 나는 잘 모르겠다.

하지만 남편이 맛있게 국물을 마시는 걸 보면, 그의 말대로 냄비에 끓이는 게 더 맛있는 것 같은 기분이 든다. 이렇게 우리 부부의 미각도 서로 닮아가는 거겠지.

"그러고 보니 일전에 밖에서 시도했다가 한 소리 들었어. 화이트와인에 라임 넣는 거."

"그건 맛없는 와인에나 쓰는 방법이야. 당신은 아무 데나 넣더라."

"내가 모르는 줄 알아? 당신, 저번에 선물로 들어온 비싼 와인에도 오렌지랑 키위를 넣어서 마셨잖아."

"그건 비싸지만 맛없는 와인이었고."

깔깔 웃고 있는데 아랫배가 쥐어짜듯 아렸다.

생리가 끝난 지 꽤 됐으니 어쩌면 배란통일지도 모른다. 피임 시술을 받아도 난소에서 수정하지 못한 난자가 배출된다. 배란일이면 유난히 섹스가 그리웠다. 몸속의 난자가 정액을 갈구하는 것이리라.

수정하지 못하는 난자와 정액이 이 배 속에 서로 엉겨 붙어 있다. 그 사실이 뭔가 께름칙하게 느껴져서 나는 멍하니 아픈 배를 쓰다듬었다.

퇴근길에 돈을 인출하려고 하는데, 잔액이 비정상적으로 많았다.

혹시나 해서 통장 정리를 해보니 아니나 다를까 전남편이 부친 돈이었다. 가끔 이런 일이 있곤 했는데 그럴 때면 엄마가 소개해준 변호사를 통해 돈을 돌려줬다. 직접 연락하고 싶지 않았기 때문이다. 이번에도 변호사와 연락을 취하려고 엄마에게 전화를 걸었다. 이혼할 때도 여러모로 도움을 주었던 그 변호사가 최근 다른 사무소로 옮기며 연락처를 바꿨다는 이야기를 얼핏 들은 것 같아서였다.

엄마에게 전화를 거는 건 정말 고된 일이었다. 예상대로 '허리가 아프니까 와서 좀 들여다봐라' '바뀐 연락처를 찾아둘 테니까 집에 와서 찾아가라'며 집요하게 졸라댔다.

"알았어, 지금 잠깐 들를게."

나는 한숨을 쉬며 그렇게 대답하고는 전화를 끊었다. 엄마의 집에 가는 건 여간 고역이 아니어서 마지못해 요코하마행 열차를 탔다.

집에 도착하자 엄마는 채소며 과일을 봉지에 넣어서 쥐여주었다.

"혼자 살면 늘 남아. 가져가서 먹어."

"고마워."

순순히 받아들자 엄마는 흡족한 얼굴로 말했다.

"이거, 새로 옮긴 요코하마 사무실 연락처야."

"연락해볼게."

전남편과 이혼할 때, 엄마는 남편의 편을 들었다. 그 사실이 떠올라 남편이 집에서 기다린다는 핑계를 대며 바로 자리에서 일어나려 했다.

나의 일거수일투족을 바라보며 엄마는 옅은 미소를 지었다.

"그나저나 집에서 성욕을 내보인 게 이렇게 죄인 취급당할 일인지 모르겠네. 난 지금 네 남편보다 전남편이 더 마음에 들었는데. 오늘도 봐. 네 관심 좀 끌어볼까 안달이 났잖아. 갸륵하지 않니?"

"어디가? 아내를 범하려 한 정신병자야."

발끈해 받아치자 엄마는 누런 이를 보이며 웃었다.

"옛날에는 말이지. 네 남편처럼 밖에서 여자를 만나고 다니는 게 더 벌받을 짓이었어. 아내와 섹스하는 게 뭐 어때서? 너도 그렇게 태어났어."

"지금은 아니잖아! 결혼할 때는 서로를 가족으로서만 대하기로…… 그러니까 성적인 시선으로 보거나 연애 대상으로 대하지 않겠다고 맹세해야 해. 그 맹세를 깨는 건 지독한 배신이라고."

"정말 오래 살고 볼 일이다. 부부가 관계하는 걸 두고서 근친상간이라고 손가락질하는 세상이 올 줄이야. 옛날에는 오누이끼리 결혼도 했어."

"누가 몰라? 하지만 시대가 바뀌면 말의 의미도 바뀌는 거야. 우리 상식도 이미 오래전에 바뀌었다고. 국어사전을 펼쳐서 근친상간이 무슨 뜻인지 찾아봐. '남편과 부인 등, 가족 간에 성관계를 맺는 일'이라고 씌어 있으니까."

"옛날에는 만화에 나오는 남자와 사랑하면 더 변태 취급당했어."

"마음대로 생각해. 어떤 시대에 태어났든, 난 인간과도 인간이 아닌 존재와도 공평하게 사랑할 거야. 사랑은 곧 자신이 변태라는 걸 받아들일 수 있는 용기니까."

"엄마도…… 마찬가지야. 그래, 잘 알겠다. 너하고 내가 닮은꼴 모녀라는 건. 이제 그만하자."

엄마는 웃음기를 거두고 나지막한 목소리로 말했다.

"나에겐…… 그게 '본능'이었어. 아무리 네가 더럽다고 해도, 엄마는 그 본능을 따랐을 뿐이야."

"……."

말없이 노려보자 엄마는 씁쓸한 표정을 지으며 손을 내저었다.

"됐다 됐어. 볼일 끝났으면 이제 그만 가봐. 깨끗한 너희 집으로."

"말 안 해도 갈 거야."

엄마의 집은 옛날 책과 사랑 영화로 가득했다. 인간들이 직접 교미를 해서 아이를 낳는 게 당연시되던 시절의 이야기들이었다. 요즘 감각과는 동떨어진 것들이라 이런 고릿적 연애 영화를 보는 사람은 엄마뿐일 게 분명했다. 인공수정이 비약적으로 발전하기 이전인 전쟁 전과 전시 중의 영화들로, 대부분 필름도 낡았고 내용도 단조로웠다.

영화 속에서 고전적인 드레스를 차려입은 여자가 연애를 하고 결혼을 해서 가족과 교미를 하는 건, 그다지 혐오감이 들지 않았다. 옛날에는 그 방법밖에 없었고 지금과는 시대가 다르니까. 마치 과거 인류의 자료를 보는 듯한 냉정한 기분이 들었다. 그러나 현대를 살아가는 내 육체에 그 개념을 억지로 심으려는 엄마의 존재는 그저 끔찍할 뿐이라 구역질이 날 정도였다. 엄마가 믿는 '올바른' 세상도 이 세상으로 이어지는 그러데이션의 '도중'이었을 뿐이라고 외치고 싶었다.

우리는 언제나 '도중'에 있다. 어떤 세상에 세뇌되더라도 그것으로 누군가를 심판할 권리 같은 건 없는 것이다.

짐을 들고 나가려는 나를 향해 엄마가 혼잣말처럼 중얼거렸다.

"내가 널 낳은 건…… 사랑했기 때문이야. 하지만 아무도 이해해주지 않았어. 태어났을 때부터 이 세상은 미쳐 돌아갔어. 나만은 정상이고 싶었지."

"엄마. 원시시대에는 다부다처제가 정상이었대. 섹스는 의식이고, 의식을 올리는 날이면 젊은이들이 모여서 집단 난교로 아이를 가졌다는 이야기를 어디선가 봤어. 하지만 지금을 사는 사람이 그런 짓을 하면 다들 정신 나갔다고 하겠지? 엄마가 하는 행동이 바로 그거야. 시대가 바뀌었어. 정상의 기준도 바뀌었고. 고릿적 기준을 아직도 버리지 못하는 건 광기야."

"그래. 네 말이 맞을지도 몰라. 하지만 넌 내 딸이야. 잊지 마. 난 너에게 자장가 대신 '올바른 세상' 이야기를 반복해서 들려줬어. 예언 하나 할까. 넌 섹스를 하는 마지막 인류가 될 거야. 사라져가는 것에 홀려서 인생을 보낼 거란 저주를 걸었거든. 널 낳을 때 말이야."

"이상한 소리 좀 그만해!"

"엄마는 말이지, 네가 이 미친 세상에 굴복하지 않고 '정상'적으로 살아가도록, 무엇이 올바른 세상인지 어린 너에게 가르쳤단다. 네 영혼에 똑똑히 새겨 넣었어. 태어나서 처음 본 세상이 우리 영혼에서 지워지는 일은 절대로 없어. 지금은 이 세상에 물들어 있어도 언젠가 반드시……."

더 이상 말하고 싶지 않아서 나는 엄마가 식료품을 담아 준 봉지를 바닥에 내던졌다.

"무슨 짓이니!"

엄마의 성난 목소리를 무시하고 나는 그 길로 집을 뛰쳐나왔다.

엄마의 목소리가 등 뒤를 쫓아왔다.

"넌 사랑과 섹스의 저주에 걸렸어! 언젠가 반드시 제정신으로 돌아올 거야! 세상이 아무리 미쳐 돌아가도 반드시 정상적인 본능을 되찾을 거라고. 내가 네 영혼에 똑똑히 '올바른 세상'을 새겨 넣었으니까."

귀를 막고 현관문을 박찼다. 엄마의 목소리는 이제 들리지 않는데도 정신없이 달리고 또 달렸다. 어디까지고 엄마의 그 말이 쫓아오는 듯한 기분이 들었다.

며칠이 지났지만 엄마의 말은 저주처럼 내 머릿속을 떠나지 않았다.

"선배, 무슨 일 있어요? 아니면 어디 아파요?"

점심시간, 회사 옆 카페에서 아미는 영 먹지 못하는 나를 보고 걱정스레 물었다.

"안색이 안 좋아요. 주임님한테 말하고 조퇴하는 게 낫지 않을까요?"

"괜찮아. 위가 좀 안 좋아서."

애매하게 웃으며 대답하자, 아미는 "그래요……" 하고 고개를 끄덕였다.

"헛짚은 거라면 죄송한데, 혹시 인공수정 시작하셨어요?"

"응?"

"피임 기구를 제거하면 컨디션이 나빠진다고 들었거든

요……. 아니면 벌써 착상에 성공하신 거예요? 그럼 더욱더 조심해야겠네요.”

“아냐, 아직 시작 안 했어.”

“그럼 다행이고요…….”

아미는 황급히 부정하긴 했지만, 여전히 걱정스러운 표정이었다.

“있잖아……. 전에 아이 낳고 싶다고 했지? 이유가 뭐야? ‘가족’이 필요해서?”

“느닷없이 그건 왜요? 음, 제 경우는…….”

아미는 아보카도 참치 덮밥을 먹으며 고개를 갸웃거렸다.

“이유는 잘 모르겠는데, 그냥 갖고 싶어요. 나하고 피를 나눈 아이가 있으면 무한한 애정을 쏟을 수 있을 것 같아요. 기본적으로 사람을 별로 좋아하진 않지만, 그 아이만큼은 너무 예쁠 것 같거든요. 그래서 그 아이와 만나고 싶고요. 일단 낳아야 만날 테니까 낳으려는 거죠.”

“본능 같은 거야?”

“그럴지도 몰라요. 여자라면 누구나 많든 적든 그런 마음이 있지 않나요?”

“그렇구나.”

본능이라는 말에 나는 가슴을 쓸어내렸다. 맞아, 그래서 나도 남편과 아이가 필요한 거야. 그리고 남편과 진짜 가족이 되고 싶으니까.

이 아랫배에 생명을 잉태하고 싶었다. 그 아이와 셋이라면, 우리 가족은 한층 더 완벽해질 것이다.

그렇게 생각하니 갑자기 허기가 돌아서 나는 눈앞에 놓인 식은 파스타를 포크로 둘둘 말았다.

"선배, 위도 안 좋은데 억지로 먹지 마요."

"갑자기 식욕이 돌아."

그렇게 말하며 웃자 아미도 황당하다는 듯 웃었다.

"뭐예요. 역시 임신한 거 아니에요? 수상하네."

휴일 오후에는 미즈토와 데이트 약속이 있었다. 우리가 사는 맨션 근처에는 작은 갤러리들이 밀집해 있었다. 거기서 그림을 보고 같은 건물의 카페에서 케이크를 먹었다.

갤러리를 둘러볼 때부터 미즈토는 안절부절못하는 눈치였다.

케이크를 먹고 밖으로 나가 자연스럽게 미즈토의 손을 잡으려 했더니 슬그머니 손을 피했다.

"날씨도 좋은데 강변으로 갈까?"

미즈토가 말했다.

강변에는 사람이 거의 없었다. 우리는 수면에 반사되는 빛을 보며 걸었다.

"나한테…… 무슨 할 얘기 있지?"

"어?"

"나쁜 소식은 빨리 듣고 끝내고 싶어."

그렇게 말하자 미즈토는 선생님에게 꾸지람을 들은 남학생처럼 힘없이 고개를 숙였다.

"어떻게 알았어?"

"보통은 눈치채지."

"나…… 이제 아마네 씨하고 못 만나겠어."

"따로 좋아하는 사람 생겼어?"

애써 꾸며낸 밝은 목소리에도 미즈토는 살며시 고개를 저었다.

"그런 게 아니라……."

"그럼 왜? 이유를 알려줘."

똑바로 눈을 바라보며 말하자, 미즈토는 고개를 돌렸다.

"계속 말 못 했는데…… 힘들었어."

그는 잠긴 목소리로 말했다.

'너무 좋아……'

잔뜩 풀이 죽은 그 모습이 사랑스러워서 이런 상황인데도 마음속으로 조용히 그런 생각을 했다.

"뭐가…… 힘든데?"

미즈토는 차마 말 못 하겠다는 듯 가냘픈 목소리로 중얼거렸다.

"……가 힘들어."

"미안, 안 들려."

"나……. '섹스'가 힘들어."

확 고개를 들었더니 미즈토가 겸연쩍은 표정으로 고개를 숙였다.

"도저히 말을 못 하겠더라고……. 아마네 씨를 좋아하지만, 섹스는 너무 힘들었어. 그래도 애인이 되려면 해야 하니까 노력했던 거야. 익숙해지면 괜찮을 줄 알았거든. 하지만 점점 더 힘들어질 뿐이었어……."

"알았어."

나는 작은 목소리로 말했다.

"잘 알았어……."

사실은 조금도 이해할 수 없었다. 그저 혼란스러웠다.

나와 미즈토는 연인이고 서로 사랑해서 섹스를 한다고 생각했다. "그건 마스터베이션…… 이라고 해야 하지 않아?" 과거에 미즈우치가 했던 말이 뇌리를 스쳤다.

그 말대로 나는 미즈토를 이용해 마스터베이션을 해온 것뿐일까. 아니, 미즈토뿐 아니라 어떤 상대든 결국 그의 육체를 이용해 자위해온 것뿐일지도 모른다. 생명을 잉태하지 못하는 자궁에 정자 없는 정액을 쏟아붓는 것. 그 행위에 대체 무슨 의미가 있는 것인지 이제는 알 수 없었다.

섹스라는 행위는 이미 이 세상에 존재하지 않는 것일 수도 있다. 그때 미즈우치가 넌지시 충고했던 것처럼, 나는 그 행위를 섹스라 믿고 마스터베이션을 하고 있는 것일지도.

실제로 미즈토는 나와 만날 때까지 질에 페니스를 삽입해본 적이 없다고 했다. 결여된 채로 사랑을 해왔고 그에 아무런 부족함도 느끼지 못했던 것이다.

멍하니 서 있는 나를 향해 미즈토가 다가왔다.

"미안해……."

아니, 미안해할 사람은 나였다. 이제까지 미즈토의 몸을 자위하는 데 이용했으니까. 하지만 말이 나오지 않았다.

"알았어……."

간신히 고개를 끄덕였다.

"연인으로 지내는 건 오늘까지로 해. 마지막으로 당신 손 잡아도 돼?"

"당신이 원하는 건 뭐든 해도 돼. 오늘만큼은 애인으로서 할 수 있는 일이라면 전부 하고 싶어."

"아냐, 이제 됐어. 다른 데는 안 건드릴게."

미즈토와 키스하는 것도 두려웠다. 그에게는 그조차 불쾌한 행위였을지도 모른다.

"뭐라도 할게. 뭐든 상관없어. 특별한 뭔가를."

웃음이 터질 것 같았다.

"그럼 정액 먹을래."

"어?"

"당신 정액이 먹고 싶어. 마지막으로."

"……."

"못 하겠지? 그게 싫어서 헤어지자는 건데 당연하지. 그러면서 왜 뭐든 하겠다고 잔인한 소리를 하는 거야."

웃으며 말하는 내 손을 미즈토가 붙잡았다.

심술부리려고 한 소리인데, 미즈토는 나를 인적 없는 곳으로 데려갔다.

"많이는 무리지만 조금은 나올 거야. 정말 뭐든 해주고 싶어. 당신이 기뻐하는 일이라면."

싫다는 사람한테 성행위를 강요할 정도로 정신 나간 여자는 아니야. 그렇게 되받아치고 싶었지만, 설명하기도 귀찮았다.

미즈토는 내 손을 잡고 보는 사람이 없는 다리 밑으로 이동했다.

"어디다 하면 돼?"

그러지 않아도 된다고 하고 싶었지만 입이 떨어지지 않아서, 나는 말없이 손가방에 넣어둔 페트병을 꺼냈다.

"잠시만 고개 숙이고 있어줄래?"

커다란 눈을 내리깔며 괴로운 듯 말하는 미즈토를 보고, 나는 그가 절정에 달하는 모습을 누구에게 보이는 것조차 고통스러워했다는 것을 깨달았다. 미즈토의 절정은 오롯이 그만의 것이었다. 나와 공유해도 되는 게 아니었던 것이다.

나는 그대로 주저앉아 팔에 얼굴을 묻었다. 할 수만 있다면 눈앞에 펼쳐진 암흑 속으로 가라앉고 싶은 심정이었다.

미즈토의 목소리가 사라졌다. 내 품 안의 암흑을 바라보며 혹시 그가 가버린 게 아닐까 생각했다. 그때 "끝났으니까 고개 들어도 돼" 하고 지친 목소리가 들렸다.

안도감을 느끼며 고개를 들자, 하얗게 질린 미즈토가 애써 진지한 표정을 지으며 나를 바라보고 있었다. 그는 투명한 액체가 조금 든 페트병을 나에게 내밀었다.

"고마워⋯⋯."

처음부터 갖고 싶지도 않았지만, 나는 고맙다고 인사하며 받았다.

수차례에 걸친 미즈토와의 관계에서 나는 그의 투명한 정액을 몇 번이고 마셨다. 그것 역시 그에게는 분명 괴로운 경험이었으리라.

"있잖아, 그걸 먹으면 무슨 느낌이 들어? 평범하게 식사하는 거랑은 다르다고 했지?"

"전혀 다르지."

웃음이 나오려 했다. 미즈토는 내 행위의 의미조차 이해하지 못했던 것이다.

"그렇겠지. 하지만 난 아마네 씨가 매번 나를 먹어주는 듯한 기분이었어. 힘들다는 말은 사실이지만, 하나부터 열까지 다 힘들었던 건 아냐. 가슴이 따스해질 때도 있었어."

"......."

"아마네 씨, 날 먹어줘서 고마워."

나는 웅크리고 앉아 미지근한 페트병을 꼭 쥐었다. 도저히 자리에서 일어날 수가 없었다. 나는 잠긴 목소리로 미즈토에게 물었다.

"있잖아, 세상에서 섹스가 사라질 것 같아?"

"갑자기 그건 왜?"

"옛날 애인이 그랬거든. 꼭 예언하듯이."

"잘은 모르겠지만, 사라지지는 않을 거야. 아마네 씨가 있는 한."

미즈토의 목소리는 다정했다. 그의 얼굴을 도저히 볼 수가 없어서, 나는 살짝 더러워진 그의 하늘색 운동화만 하염없이 쏘아보았다.

집에 돌아오자 남편이 집에 있었다.

"오늘은 일찍 왔네?"

태평한 남편의 말에 긴장이 풀렸는지 눈물이 흘러내렸다.

"어? 왜 울어? 무슨 일 있었어?"

남편이 당황한 목소리로 물었지만, 나는 오열을 터뜨리며 그의 하얀 셔츠에 얼굴을 묻었다.

남편은 놀란 기색을 보이면서도 가만히 내 등을 쓰다듬
었다. 그리고 내가 울다 지쳐 잠들 때까지 아무것도 묻지 않
고 그저 내 등을 토닥여줬다.

벌써 10월이었지만, 우리는 여름에 가끔 했던 물놀이를
하기로 했다.

우울해하는 내 모습을 보다 못한 남편이 기운 좀 내라며
먼저 제안했다. 욕실을 포함한 온 집 안에 난방을 돌리자 순
식간에 더워졌다. 이 집에만 여름이 되돌아온 것 같았다. 쓸
데없는 데 돈을 낭비하는 이 상황이 우스워서, 우리는 계속
웃으며 저마다 수영복으로 갈아입었다. 수영복 위에는 셔츠
를 걸쳤다. 아무리 가족이라 해도 남편에게 맨살을 보이는
게 어색했고 남편도 마찬가지인 것 같았다.

준비를 마치자 욕조에도 적당히 물이 찬 듯했다. 이 실내
온도에 긴소매까지 껴입은 우리는 흐르는 땀을 닦으며 욕실
에 들어갔다. 욕조가 작은 탓에 둘이 같이 들어갈 수는 없어
서, 먼저 욕조 가장자리에 앉아 발을 담그고 물장구를 쳤다.
남편보다 내가 더 잘했다.

그리고 번갈아 물속에 들어갔다.

"'가족'이란 참 신기해. 서로에게 맨살은 잘 안 보여주면서 말이지. 몸이 안 좋을 때나 토할 때처럼 애인에게 보여줄 수 없는 모습은 또 보여주잖아. 그런데도 하나도 부끄럽지 않다는 게 흥미롭지 않아?"

"그게 '가족'이야. 이러고 있으니까 역시 당신은 나한테 '특별'한 존재라는 걸 알겠어. '가족'이기 때문일까."

"아이가 생기면 정말 좋을 것 같아. 우리 유전자를 이어받은 아이는 얼마나 귀여울까. 아들이 좋아, 딸이 좋아?"

"난 딸이 좋아. 아, 하지만 여자애들은 사춘기가 빨리 오잖아. 눈 깜짝할 새에 아빠하고 이제 같이 목욕 안 한다고 하겠지."

"하하, 벌써 무슨 그런 생각을 해. 하긴 여자애는 첫사랑도 빨리하니까."

하하하, 하하하, 후후후, 하하하, 후후후. 우리는 하하호호 웃었다. 행복한 가정에서 흘러나오는 음색이었다. 분명 몇 년 뒤에는 여기에 우리 아이의 웃음소리도 더해져 행복한 가정의 소리는 더 크고 넓게 울려 퍼질 것이다.

가족, 가족, 가족, 그 주문을 외울 때마다 내 마음은 안정을 찾아갔다. 사랑을 잃어도 나에게는 가족이 있다. 아이도 낳을 것이다. 나는 자궁을 통해 세상과 이어져 있다.

그 사실이 나에게 안도감을 주었다.

"당신, 아이 이름 생각해놓은 거 있어?"

"당연하지. 아들이든 딸이든 좀 고풍스러운 이름이 좋을 것 같아. 사극에 나오는 것처럼."

"그거 좋다. 반듯한 아이로 키우자. 일본인다운 이름이 분위기도 있고 좋은 것 같아."

"우리 이름에서 한 자씩 따와도 괜찮겠다. 당신 이름의 비우 자나 소리 음 자, 내 이름에서 초하루 삭 자를 넣는 식으로 말야."

"그것도 괜찮아. 벌써 고민이 되네."

우리는 다시 까르르 웃었다. 욕실에 우리의 웃음소리가 한데 섞여 울려 퍼졌다. 마치 둘이서 호흡을 맞춰 연주하는 것처럼.

"당신은 왜 아이를 갖고 싶어?"

"갑자기 왜? 그야 내 유전자를 남기고 싶고 아이가 자라는 모습도 보고 싶으니까. 노후도 걱정 없잖아. 부부 사이도 더욱 돈독해질 거고. 아이를 원치 않는 이유를 찾는 게 더 어려울 것 같은데?"

"그건 그래."

"그렇다니까. 밖에서 힘든 일이 있어도 집에 와서 아이의 웃음소리를 들으면 전부 잊을 수 있을 것 같아. '가족'은 모든 인간의 평생 과업이 아닐까."

남편은 다시 웃었고 나도 메마른 소리로 웃었다.

한참을 놀았더니 마치 수영장에서 신나게 놀고 난 뒤처럼 온몸이 무거웠다.

우리는 파르르 떨며 수건을 걸친 뒤 식탁 위에 잘라 놓은 수박을 먹었다.

"목마르다. 맥주 있어?"

"와인밖에 없어. 나왔는데도 계속 춥네."

"알코올이 들어가면 따뜻해질 거야."

남편은 와인을 마시기 시작했다.

수박과 와인은 꽤 희한한 조합이었지만, 남편이 내 잔까지 가져왔길래 레드와인으로 건배를 했다. 별생각 없이 텔레비전을 틀었더니 때마침 지바의 실험도시에서 실행되는 제11차 임신 계획 뉴스가 흘러나왔다. 실험도시가 시작된 이후 열 번째 크리스마스이브에 인공수정되어 태어난 아이들이 화면에 등장했다.

수박을 먹으며 남편이 말문을 열었다.

"첫 번째 프로젝트에서 태어난 아이들은 이제 아홉 살인가? 벌써 구구단을 배웠겠지?"

"그럴걸? 어떤 아이로 자랐을까."

"그러게. 궁금하네. 기존 '가족 시스템'에 비해 완벽한 유년기를 보낼 수 있기 때문에 뛰어난 아이로 자란다면서."

"정말 그럴까? 뉴스 보도는 전부 과장이 섞였잖아."

"아, 저기 봐! 당신 옛날 집 근처 아냐?"

남편은 흥분한 표정으로 고개를 내밀었다.

화면을 보니 예전에 살던 동네에 있는 역의 풍경이 나오고 있었다.

"관심이 많네?"

웬만한 일로는 흥분하지 않는 남편이 유난히 관심을 보이기에 그렇게 말하자, 남편은 "그런 건 아니고……"라며 얼버무렸다.

"그래도 엄청난 사건 아냐? 가족 시스템 밖에서도 인간이 살아갈 수 있다니. 아이들이 자라고 자손을 남길 수 있다는 거 말이야. 획기적인 발상이잖아."

"그래? 지금까지는 작은 마을에서 실험이 이루어졌으니

까 성공했을지 몰라도 이번에는 지바 전역이 대상인데 과연 잘될까?"

별로 관심 없는 이야기라 떨떠름하게 대답했더니 남편은 먹던 수박을 내려놓으며 말했다.

"난 흥미로운데? 아이를 인공수정으로 낳게 된 뒤로 가족 간의 유대는 희박해졌잖아. 아, 우리 얘기가 아니라 일반적으로 그렇다고."

"알아."

남편은 수박을 먹는 것도 잊은 채 뚫어져라 화면만 들여다보고 있었다.

"이번 일요일에 지바 쪽에 장 보러 갈래? 대중교통도 최신식이고, 대형 쇼핑몰도 많대. 안에 들어가려면 수속이 필요하긴 한데, 당일치기 관광이면 어렵지 않다더라고."

"가고 싶으면 가도 되는데, 데이트는 안 해?"

남편은 일요일마다 데이트를 했다.

"괜찮아……. 이번 주에는 아무 일도 없어."

남편은 작은 소리로 말했다.

어느새 와인 병은 바닥을 보이고 있었다. 나는 아직 한 잔밖에 안 마셨으니 나머지는 남편이 전부 마신 것이리라.

"와인 다 떨어졌어."

나는 냉장고 문을 여는 남편을 향해 말했다.

"그러고 보니 이게 있었지. 마시고 치워버리자."

남편은 선물로 받았는지 바이지우白酒라는 도수 높은 중국 술을 가져와 마시기 시작했다.

"괜찮겠어? 그거 도수가 40이라는데 섞어 마시는 게 낫지 않아?"

"아니, 이대로 마실 거야. 당신도 마실래?"

나는 고개를 저었다.

알코올 냄새가 여기까지 풍겼다. 평소에는 마시지도 못하는 술을 마신 터라, 남편은 귀와 뺨까지 벌게져 있었다. 애인과 뭔가 잘되지 않는 모양이야. 그래서 계속 술을 마시는 건지도 모르지. 나는 화제를 돌리려고 텔레비전을 가리켰다.

"저기 보여? 정말 아름다운 공원이었는데 맨션이 엄청 들어섰네."

화면 속, 어릴 적 엄마와 함께 갔던 공원은 옛 모습을 찾아볼 수 없이 변해 있었다.

"무슨 모형 같아."

"모형, 듣고 보니 그러네."

남편은 유난히 힘주어 말했다.

"이건 실험이야. 인간을 다른 시스템 속에 투입했을 때 정상적으로 번식할 수 있는가를 알아보는. 실험도시는 그 실험에 쓰이는 실험용 쥐를 넣는 케이지고."

"실험이 성공하면 어떻게 될까?"

"세상에서 '가족'이라는 개념이 사라질지도 몰라. 그런 예감이 들어."

남편은 달뜬 표정으로 말을 이었다.

"그게 훨씬 합리적이야. 그렇잖아, 우리도 왜 '가족'이 되었는지 잘 설명할 수 없다고. 단체 미팅에서 만나 조건이 맞고 성격도 맞는다는 이유만으로 결혼해 남매처럼 살고 있으니까."

취기가 올랐는지 남편은 혀 꼬인 소리로 말했다.

"'가족'이라 명명한 존재가 남과 어떻게 다른지, 이제 아무도 설명하지 못해. 우리는 이미 그걸 잃어버린 거야."

"……."

남편은 술 냄새를 풍기며 청산유수로 말을 쏟아냈다. 많이 취했는지 고개가 좌우로 흔들렸다. 나는 말없이 그 얼굴을 바라보았다.

아까만 해도 '가족'은 우리의 소중한 종교였는데, 취중 진담이라는 말처럼 이게 남편의 본심인 걸까. 우리는 가족이라는 종교의 경건한 신도고, 그렇기 때문에 이렇게 잘 알지도 못하는 타인과 같은 집에서 마음 놓고 살아가는 것인데.

남편의 까만 눈동자는 텔레비전 화면에 고정된 채 움직이지 않았다.

"변화하는 우리를 따라 세상도 그 모습을 바꾸고 있어. 그뿐이야."

느닷없이 토기가 올라와서 나는 화장실로 뛰어갔다.

방금 마신 와인이 식도를 타고 역류하더니 변기 속에 빨간 토사물이 퍼져나갔다. 거실에서 남편의 웃음소리가 들린 것 같았다.

나는 연차를 내고 혼자 인공수정 상담을 받았다.

아이가 생기면 광기에 휩싸인 듯 반복되는 이 발정기도 끝나지 않을까. 그런 생각이 들어서였다.

검사를 받은 뒤, 의사에게서 인공수정 기술이 비약적으로 발전한 덕에 시술할 때 고통도 없고 성공률도 높다는 설명을 들었다.

의사는 나보다 조금 연상으로 보이는, 부드러운 인상의 안경 낀 남자였다.

"설명은 끝났습니다만, 다른 질문 있으십니까?"

"저기…… 좀 이상한 질문을 드려도 될까요?"

"물론이죠. 뭐가 궁금하시죠?"

"만일 인공수정 기술이 지금 수준으로 발전하지 않았다면, 인류는 현재에도 섹스를 통해 임신했을까요?"

의사는 다정하게 웃으며 말했다.

"음, 아무래도 그랬겠죠? 방법이 그것밖에 없다면 그럴 수밖에 없으니까요."

"저희 부모님은 섹스를 해서 절 낳았어요."

"그러시군요. 고풍스러우시네요."

"저…… 혹시 남자도 임신이 가능해지면 가족제도는 사라질까요……?"

나는 작은 소리로 물었다.

의사가 넣은 내시경의 서늘한 감촉이 아직도 질 속에 남아 있었다. 나는 자궁을 가진 동물이다. 남편과 이야기하다 보면 불현듯 그런 생각이 들 때가 있었다. 나는 나라는 사람이기 이전에 남편의 자궁인 걸까. 남편이 주문처럼 외우는 '가족'이라는 말은, 나를 자신의 자궁으로 삼기 위한 저주가 아닐까. 문득 두려워질 때가 있었다.

"음, 그럴 가능성이 없지는 않죠."

그 말에 뭐라 대답해야 할지 알 수 없어서 입을 다물고 있는데, 의사가 다시 다정한 목소리로 나에게 말을 걸었다.

"전혀 상관없는 이야기일 수도 있지만, 제 큰할아버지는 본인이 강력히 희망하여 매장식으로 장례를 치렀습니다."

"고풍스럽죠. 옛 풍습은 가끔 생각지도 못한 곳에 조금씩 남아 있기도 합니다."

"……."

"그뿐이에요. 특별할 건 없어요."

어째서인지 눈물이 날 것 같아서 그저 네, 하고 대답하는 게 고작이었다.

병원에서 나온 뒤 나는 공원에서 시간을 보냈다.

남편에게는 회사에 간다며 나왔기 때문이었다. 문득 주위를 둘러보니 어느새 어둠이 내려앉아 있었다. 남편이 걱정할지도 모른다고 생각하면서 현관문을 열었지만 집 안은 컴컴컴했다. 애인과 함께 있는 건가. 거실에 들어서자 핏기 없는 얼굴로 소파에 누워 있는 남편의 모습이 눈에 들어왔다. 순간적으로 남편이 죽었을지도 모른다고 생각하며 달려갔다.

만져보니 다행히 체온은 있었다. 안도의 한숨을 내쉬며 그 체온에 매달리듯 남편의 어깨를 잡았다.

"정신 좀 차려봐."

어깨를 흔들자 남편이 게슴츠레 눈을 떴다.

"당신이야……? 지금 왔어?"

"무슨 일이야. 이렇게 많이 마시고."

테이블 위에는 와인 병이 굴러다니고 있었다. 남편은 입을 막으며 일어나더니 화장실로 달려가 구토를 했다. 나는 그의 등을 토닥였지만, 구토한 뒤에도 낯빛은 여전했다. 남편은 다시 거실로 돌아와 소파에 힘없이 기댔다.

"방에 가서 자. 내가 부축할게. 눈 좀 붙여야 해."

"아냐, 괜찮아."

"하나도 안 괜찮아 보여. 금방이라도 죽을 것 같아, 당신."

죽음이라는 단어에 남편의 몸이 움찔거렸다.

그때 테이블 위에 올려놓은 휴대전화가 울렸다. 화면에는 남편 애인의 이름이 표시되어 있었다.

"당신 애인이야."

"지금은 안 받을래……."

"그러지 말고 받아."

전화를 건네자 남편은 창백한 얼굴로 말했다.

"여보세요……? 네, 제가 아마미야 사쿠입니다. 네? 여보세요?"

휴대전화에서 남자 목소리가 어렴풋이 들렸다. 전화를 건 사람이 남편의 애인이 아닌 듯해서, 나는 불안한 마음으로 남편의 얼굴을 뚫어져라 바라보았다.

"네, 네……. 무사하다고요? 알겠습니다, 네, 네……."

전화를 끊은 남편이 머리를 감싸며 소파에 쓰러졌다.

"왜 그래? 무슨 일이야?"

남편의 등을 어루만지며 묻자 그는 쥐어짜듯 말했다.

"구급대원이야……. 자살미수래."

"뭐라고?"

"그녀에겐 가족이 없어. 하지만 지금 내가 가면 더 싫어할 거야……."

"그러면 안 돼. 빨리 가자. 어느 병원이래?"

남편은 머리를 감싼 채 쉬어버린 목소리로 병원 이름을

말했다.

"당장 가자, 일어나서 준비해!"

나는 억지로 남편에게 지갑과 휴대전화를 쥐여주고는 핸드백을 들고 서둘러 집을 나왔다.

병원은 집에서 택시로 20분 거리에 있었다.

"난 도저히 얼굴 못 보겠어."

중얼거리는 남편을 복도에 혼자 두고 나는 병실로 들어갔다. 2인실이었는데, 안쪽 침대는 비어 있었고 문 앞의 침대에는 커튼이 쳐 있었다. 나는 입구에서 알코올로 손을 소독한 뒤에 벽을 두드렸다.

"안녕하세요……."

말을 걸자 삐거덕거리는 침대 소리가 났다.

"그냥 누워 있어요. 난 아마미야 사쿠의 부인인 아마네예요. 나 기억나요?"

"아마네 씨……?"

안쪽에서 작은 소리가 들렸다.

"이게 얼마 만인지……. 일부러 오셨는데 이런 꼴이라 죄송해요."

"그런 말이 어디 있어요……."

"거기 서 있지 마시고 이쪽으로 오세요."

커튼 사이로 작은 손이 나타났다. 나는 황급히 그 손을 따라 침대 주위를 에워싼 커튼 안으로 들어갔다.

침대에 남편의 애인이 누워 있었다. 몇 년 전, 함께 식사했을 때보다 훨씬 야윈 모습이었다. 그때도 가녀린 체구였는데 지금은 팔다리가 마치 막대기처럼 비쩍 말라 있었다. 몸도 반쪽이 된 듯 앙상했지만, 야무져 보이는 커다란 눈동자는 여전했다. 짧은 머리와 커다란 눈동자가 하얀 시트와 선명한 대조를 이루었다.

잔뜩 여윈 그녀에게서는 이제 커리어우먼의 모습을 찾아볼 수 없었다. 마치 거식증에 걸린 십 대 소녀 같았다.

"몸은 좀…… 괜찮아요?"

그녀의 손목에는 붕대가 감겨 있었고 팔에는 주삿바늘이 꽂혀 있었다.

그녀는 작게 웃으며 대답했다.

"상처는 별거 아닌데, 영양실조가 더 심각하다네요. 의사 선생님한테 혼쭐이 났어요."

생각보다 괜찮아 보이는 모습에 내심 안도했다.

"걱정했어요."

"아마네 씨는 하나도 안 변했네요. 얼굴 보니까 반가워서 마음이 편안해졌어요."

미소 짓는 그녀에게 복도에 남편이 와 있다는 사실을 말해야 하나 망설이는데, 그녀가 새카만 눈동자로 날 올려다보며 물었다.

"밖에 있죠?"

"네……."

남편은 안절부절못하며 바깥 벤치에 앉아 있을 것이다. 이따금 신발 밑창이 바닥을 긁는 소리가 울려 퍼졌다. 우리 대화도 복도에서 다 들리는지도 모른다.

"그럼 전해주세요. 이제 다시는 만나지 말자고."

나는 숨을 삼켰지만, 그녀의 눈빛은 흔들림 없이 올곧았다.

"이제…… 그를 사랑하지 않나요?"

"사랑해요. 그래서 안 만나겠다는 거예요."

이 목소리도 복도에까지 울려 퍼지고 있을까. 바깥에서 싸늘한 공기가 새어 들어오는 것 같았다.

"일단 지금은 놀라서 경황이 없을 테니 좀 진정된 뒤에 다시 생각을……."

"아뇨. 분명히 전해주세요. 전 마음 정했어요."

그녀의 시선에서 눈을 돌리지 못한 채 나는 작은 소리로 간신히 내뱉었다.

"남편은 아직 당신을 사랑해요."

"저도 그래요. 하지만 더는 못 하겠어요."

그녀는 작게 한숨을 쉬며 까만 눈동자로 천장을 올려다보았다.

"우리 인간은 이제…… 사랑을 못 하게 된 거예요."

그녀는 심장을 쓰다듬듯 앙상한 손을 가슴에 올렸다.

"그는 저에게 소중한 사람이지만, 사랑이라는 이름의 감정을 이제는 잘 모르겠어요. 하지만 사쿠는 사랑에 홀린 사람 같아요. 가끔 그가 무서울 때도 있고요. 나까지 사랑에 미친 기계 인형이 되어버릴 것 같아요."

"차분히 둘이서 이야기해보면…… 분명 뭔가 해결책이 있을 거예요……."

"아뇨, 무리예요. 미안해요. 아마네 씨 남편과 좋은 사랑을 하지 못해서."

그녀는 희미하게 웃더니 그때까지 미동도 하지 않던 몸을 돌려서 주삿바늘이 꽂힌 팔을 나에게 내밀었다.

하얀 시트를 헤엄치듯 새까만 머리카락이 흘러내렸다. 가녀린 손가락이 나를 향해 뻗어오는 걸 보며 그녀가 악수를 청하고 있다는 사실을 깨달았다.

나는 당혹스러운 마음으로 그 조그만 손을 잡았다.

"안녕, 이라고 전해줘요."

그렇게 말하는 목소리에도, 맞잡은 손에도 온기는 느껴지지 않았다.

그녀가 이대로 정말 죽어버리는 게 아닐까, 나는 그런 생각을 하며 살며시 고개를 끄덕였다.

병실 밖 복도로 나가니 남편이 벤치에 앉아 있었다.

"들었어……?"

작은 소리로 묻자 남편은 힘없이 웃으며 고개를 끄덕였다.

우리는 아무런 말도 나누지 않고 병원을 나와 집으로 향했다. 어느새 손을 잡고 있었다. 남편의 손은, 그녀의 손처럼 차가웠다.

"눈이네. 아직 10월인데."

남편이 중얼거렸다.

헛것이라도 본 줄 알았는데 고개를 들자 그의 말대로 반짝이는 하얀 가루가 검은 하늘에서 팔랑팔랑 떨어지고 있었다. 자세히 보니 눈이 아니라 가는 빗방울이었다. 가로등 불빛에 반사되어 눈처럼 빛나고 있었다.

나는 무수히 떨어지는 그 빛의 방울을 홀린 듯 쳐다보았다. 가랑비처럼 쏟아지던 빗줄기는 이내 세차게 변했고, 하나의 검은 덩어리가 되어 우리를 적시기 시작했다.

"벌써 비로 변했네…… 눈 깜짝할 사이에."

남편에게는 정말 눈처럼 보였을지도 모른다. 그의 머리카락 속에서 빛방울이 반짝이고 있었다.

나는 싸늘한 남편의 손을 꼭 잡았다. 뼈마디가 내 손안에서 꿈틀거렸다.

"우리……. 사랑의 도피나 할까?"

난데없이 남편이 말했다.

"무슨 소리야……?"

"이미 세상에서 사라져가고 있는데, 우리는 뭐에 홀린 사람처럼 끊임없이 사랑과 섹스를 흉내 내고 있잖아. 난 이제 한계야."

손안에서 남편의 뼈가 가늘게 떨리고 있었다.

"사랑 없는 세상으로…… 같이 도망치자."

잠긴 목소리를 들으며 나는 이상한 소리를 다 한다 생각했다. 요즘 세상에 사랑의 도피 같은 걸 하는 사람은 없다. 그건 오랜 옛날, 사랑하는 연인들이나 했던 일이 아닌가.

"그래, 같이 도망치자."

하지만 나는 바로 고개를 끄덕였다.

남편은 나의 가족이다. 내가 지켜야 할 유일한 존재다. 남편이 도망치자면 도망치자. 남편이 도망치고 싶은 곳으로 그의 영혼을 데려가자. 그렇게 생각했다.

"벌써 10월 말이네. 시간 가는 게 참 빠르다."

사랑의 도피를 하려고 해도 지바에 가려면 신청서와 허가증이 필요했다. 우리는 그 길로 구청에 가서 수속을 했다.

빛방울이 떨어진 그날, 우리는 2주 뒤에 지바로 떠나기로 했다. 그 시점부터 법적인 혼인관계는 해소되지만, 우리는 반지를 빼지 않았다. 일단 지바로 이주하면 최소 2년은 그곳에 머물러야 한다. 그러한 내용의 계약서에도 서명했다. 지바에서 직장을 구해야 하기 때문에 회사에 사직서도 냈다. 지바에 간다는 이야기는 아무에게도 하지 않았다. 상사와 동료들은 내가 임신해서 회사를 그만두는 줄 알았는지 축복하며 환송해줬다.

이렇게 신변 정리를 하다 보니, 내 인생에는 남편과 장차 태어날 아이 말고는 아무것도 없다는 사실을 깨달았다. 그것은 무척 행복한 발견이었다.

"미안해. 당신까지 끌어들여서."

짐을 싸며 남편이 작게 중얼거렸다.

"무슨 소리야. 우린 가족이잖아. 사랑의 도피도 함께하는 게 가족 아냐?"

웃으며 대답하자, 남편도 덩달아 살짝 표정을 누그러뜨렸다.

이사 당일, 큰 짐은 이삿짐 업체에 맡기고 우리는 당장 쓸 물건만 가방에 넣어 지바로 가는 열차에 올라탔다.

어수선하던 창밖은 지바에 가까워질수록 조금씩 하얀 빌딩과 우거진 녹음만 존재하는 세상으로 바뀌어갔다.

영화를 보듯, 우리는 나란히 앉아 반대편 차창 밖으로 펼쳐지는 풍경을 바라보았다. 지바에 들어가려면 먼저 나리타에서 수속을 마쳐야 해서 마치 외국으로 떠나는 듯한 기분이었다.

열차는 중간중간 짧은 터널로 들어갔고 그때마다 창밖은

새카매져서 희미한 불빛만이 눈앞에 펼쳐졌다. 나는 남편과 잡은 손에 힘을 주었다.

"왠지 우리, 헨젤과 그레텔 같지 않아?"

"손을 잡고 도망치는 느낌? 그보다는 치르치르와 미치르 같은데?"

"그러게. 그럼 우린 파랑새를 찾으러 가는 건가."

딱히 우스울 게 없는데도 우리는 마주 보며 웃음을 터뜨렸다.

무언가로부터 도망치는 것 같기도 했고 무언가를 좇는 듯하기도 했다. 어찌 됐든 우리는 가족이자 운명공동체였다.

"지바에 가도 우리는 계속 가족으로 살자."

"당연하지. 아이를 낳아도 센터에 보내지 말고 우리가 몰래 키우는 거야."

터널을 빠져나온 열차의 창밖으로 갑자기 눈 부신 빛이 쏟아져 들어와 우리가 탄 차량을 가득 채웠다. 우리는 쏟아지는 빛 속에서 손을 잡고 있었다.

나란히 늘어선 손톱이 빛 속에 작은 그림자를 드리웠다.

3

멀리서 들리는 안내방송 소리에 꾸벅꾸벅 졸던 나는 게슴
츠레 눈을 떴다.

차창 밖으로 해 질 녘 풍경이 펼쳐져 있었다. 열차에 타고
있던 사람들도 짐을 들고 하나둘 내렸다. 어디선가 마치 거
대한 동물의 울음 소리 같은 비행기의 굉음이 들려왔다.

나는 잠든 남편을 흔들어 깨웠다.

"다 왔어."

"응……."

남편은 몽롱한 목소리로 대답하며 살며시 눈을 떴다.

우리는 짐을 챙긴 뒤 열차에서 내려 나리타 공항으로 향
했다.

지바에 들어가려면 먼저 공항에서 수속을 해야 했다. 큰
캐리어를 든 여행자들이 줄지어 서 있는 모습을 힐끗 보며,
우리는 인적 없는 지바 입현^{入縣} 수속 창구로 갔다.

창구에서는 외국에 나갈 때처럼 관광 목적인지, 이주 목
적인지, 이주 목적이라면 허가증을 받아왔는지, 본인인지
아닌지, 그런 사항들을 확인했다. 게이트를 통과할 즈음에
는 바깥이 어두워지고 있었다.

나리타 공항에서 직통 버스를 타고 한 시간쯤 걸려 앞으로 우리가 살아갈 동네에 도착했을 때는 주변이 이미 컴컴했다. 희미한 가로등 불빛과 맨션 창문에서 흘러나오는 불빛을 이정표 삼아 헤맨 끝에 우리는 겨우 앞으로 살 집에 도착했다.

미리 수속을 마쳐놓은 덕에 최상층인 8층에 사는 집주인에게 곧바로 열쇠를 받아 안으로 들어갔다.

남편은 705호, 나는 그 옆의 704호였다. 두 집 다 원룸이었지만, 남편의 집을 침실로 내 집은 거실로 사용하자고 이미 정해두었다. 긴 여정에 지친 우리는 텅 빈 704호실에 앉아 공항에서 사 온 식은 도시락을 먹은 뒤, 705호실에 미리 챙겨온 침낭을 펼치고 잠을 청했다.

"꼭 캠핑 온 것 같네."

"내일 침대가 들어오면 진짜 새로운 생활의 시작이야."

온몸은 피곤에 절어 있었지만 정신은 멀쩡해서, 우리는 두런두런 대화를 나눴다. 침실을 따로 썼을 때는 몰랐는데 남편은 불을 다 끄지 않으면 잠들지 못하는 체질이라고 했다. 커튼 없는 창밖으로 다른 집들의 불빛이 보였다.

멀리 보이는 고층 맨션의 작은 불빛이 마치 별빛처럼 보인다는 둥, 시시콜콜한 이야기를 하고 있는데 남편이 재채기를 했다.

"추워? 난방은 올렸는데…… 더 붙어서 잘까?"

"고마워."

우리는 어깨를 나란히 붙이고 눈을 감았다. 결혼하고 나서 서로의 거리가 가장 가까워진 순간일지도 모른다.

늘 그랬듯, 남편의 체온에는 고양이나 작은 새처럼 단순하고 성적인 체취가 전혀 나지 않는 따스함이 있었다. 나는 편안한 기분으로 그 체온 속으로 가라앉았다.

밖에서 쏟아지는 햇살에 눈을 떴다.

일어나 창밖을 보고 깜짝 놀랐다. 어제는 어두워서 몰랐는데, 햇살 아래로 펼쳐진 거리는 놀라우리만치 정갈하고 아름다웠다. 이렇게 내려다보니 거리는 흡사 모형 같았다. 새하얀 맨션이 저 멀리까지 늘어서 있었고, 그 중앙에는 옅은 하늘색 산책 길이 뻗어 있었다. 길가에는 같은 모양의 황록색 가로수가 줄지어 있었다. 곳곳에 있는 공원에는 하늘색 자갈이, 역 앞 광장에는 하늘색 콘크리트가 깔려 있었다. 그 위를 걸어가는 작은 그림자들의 모습이 보였다. 마치 하늘 위에 있는 느낌이었다.

남편이 깨지 않도록 조용히 집을 나와 근처 편의점에 갔다. 탄생한 지 벌써 10년이 넘은 도시가 이토록 깨끗할 수 있다니. 나는 주위를 두리번거리며 걸음을 옮겼다.

물건을 사서 집으로 돌아오자 남편이 일어나 침구를 정리하고 있었다.

"왔어? 어디 갔던 거야? 거실에 있나 해서 찾으러 가려고 했지."

"아침 사러 갔다 왔어. 같이 먹자."

내가 건넨 생수와 샌드위치를 남편은 기쁜 표정으로 받아 들었다.

"고마워."

오늘은 이삿짐 업체에서 짐이 도착할 예정이었다. 지바 현으로의 이사는 수속에 시간이 걸리는 까닭에 짐이 도착할 때까지 하루 정도 기다려야 했다. 이삿짐 트럭도 일단 나리타를 거쳐야 하기 때문이다.

식사를 마치고서 바닥에 천을 깔고 있는데 초인종이 울렸다.

"침대는 이 집에 놓아주시고요, 냉장고는 옆집에요. 테이블도요."

가구를 두 집에 나누어 옮기는 우리를 보고 이삿짐 업체 직원들은 의아한 표정을 지었다.

"수고하셨습니다."

문이 두 개 있다는 것만 제외하고 이곳은 완벽한 우리 집으로 탈바꿈했다. 소파와 테이블은 내 집, 침대와 옷가지는 남편의 집. 똑같은 구조의 두 집을 오가며 우리는 둘만의 보금자리를 정비했다.

대충 정리를 끝낸 뒤, 함께 위층으로 올라가 집주인에게 정식으로 인사를 했다. 어제 열쇠를 받았을 때는 시간이 늦어서 제대로 인사를 못 했기 때문이다.

"친구끼리 옆집에 살다니 흔치 않은 일이네요."

집주인은 온화한 인상의 할아버지였다. 그는 우리를 보며 웃었다.

이 도시에서는 기본적으로 1인 가구를 장려하고 있었다. 부부나 가족이라는 개념을 도입하면 도시의 분위기를 해친다는 이유에서, 그에 준하는 관계성을 가지는 것도 실험도시에서는 바람직하지 않은 일로 여겨졌다.

우리가 '부부'인 걸 들키지 않기 위해 나는 조심스레 말을 골랐다.

"네, 정말 친한 친구인데 둘 다 요리가 취미거든요. 매번 너무 많이 만들어서 나눠 먹을 수 있는 거리에 살면 좋겠다 싶었어요."

"그랬군요. 좋은 아이디어네요. 나는 늘 한번에 많이 만들어서 두고 먹는데."

"아, 다음에 좀 가져다 드릴게요."

"그럼 고맙죠."

남편의 말에 집주인 할아버지가 눈가에 주름을 지으며 웃었다. 우리 관계를 의심하는 것 같지는 않았다.

"공원에 가봤나요? 오늘은 평일이라 오후에 '아가'와 놀 수 있어요."

"아뇨, 아직입니다."

남편이 고개를 저었다.

"시간 괜찮으면 안내할게요. 3시에 맨션 앞에서 볼까요? 피곤하지 않으면요."

"부탁드려도 될까요?"

남편은 환한 얼굴로 고개를 끄덕였다.

나는 피곤해서 쉬고 싶은 마음을 누르고는 "저도 가고 싶어요” 하고 웃으며 말했다.

“그럼 이따가 봐요. 이곳 생활이 마음에 들 겁니다. 무슨 일 있으면 뭐든 물어보고요.”

서글서글하게 웃으며 그렇게 말하는 집주인 할아버지에게 우리는 “앞으로 잘 부탁드립니다” 하고 나란히 고개를 숙였다.

집주인 할아버지가 우리를 데려간 곳은 역 앞의 널찍한 공원이었다. 그곳에도 하늘색 자갈이 깔려 있어서 마치 하늘 위를 걷는 것 같았다.

공원에 들어가자 하얀 아동복을 입은 아이들이 일제히 돌아보며 외쳤다.

“‘엄마’”

“‘엄마’, 안녕.”

아이들은 모두 귀밑 길이의 단발머리를 하고 있었다. 언뜻 봐서는 누가 여자고 남자인지 구별할 수가 없었다.

“‘엄마’”

“그래, ‘엄마’ 왔다.”

들뜬 표정으로 달려오는 한 아이를 집주인이 웃으며 끌어안았다.

뉴스를 통해 이 도시에서는 누구나 모든 아이의 '엄마'가 된다는 이야기를 이미 알고 있었는데도, 그 현장을 실제로 보니 어안이 벙벙했다.

실험도시가 시작된 지 10년이 지났지만, 성인을 제외하고는 아홉 살까지의 아이들밖에 없었다. 아이들은 연령별로 나뉘어서, 갓난아이는 전용 건물에 있었고 일곱 살 이하의 아이들은 센터 직원의 지도 아래 공원에서 놀고 있었다. 그보다 나이가 많은 아이들은 저마다 운동장에서 축구를 하거나 그네를 타고 있었다.

처음 보는 아이가 '엄마'라고 부르며 안기는 것에 당황한 나는 아이를 어떻게 대해야 할지 갈피를 잡을 수가 없었다. 하지만 남편은 환한 얼굴로 다가온 아이들의 머리를 쓰다듬었다. 아이들은 애완동물처럼 구는 데 익숙한 듯했다.

공원의 비둘기처럼 몰려드는 아이 중 하나를 번쩍 안아 올리며 집주인 할아버지가 말했다.

"잘하고 있어요. 그렇게 사랑해주세요. '아가'에게 '너는 인류의 자손으로서 온 세상으로부터 사랑받고 있단다'라는 감각을 계속 느끼게 해주는 게 우리 '엄마'들의 중요한 임무니까요."

당혹스러울 따름이었지만, 나는 다가온 아이 중 내 치맛자락을 꼭 붙잡은 아이의 머리를 쓰다듬었다.

체온이 높고 찰떡처럼 보드라운 아이의 몸은 왠지 불쾌한 느낌이었다.

공원에는 우리 말고도 수많은 '엄마'가 있었다. 젊은 여자가 있는가 하면, 중년 남자도 있었다. '아가'들은 하얀 아동복에 반바지 차림으로 다양한 '엄마'들의 다정한 손길과 목소리에 몸을 내맡긴 채 온몸으로 애정을 느끼며 사랑받고 있었다. 멀리서 지켜보니 마치 구름 위에서 노니는 천사들 같았다.

직원이 다가와 우리에게 말을 걸었다.

"'엄마' 활동은 처음이신가요?"

"네, 어제 이사 왔거든요."

"긴장하지 마시고 '아가'들과 즐겁게 놀아주시면 돼요. 마음껏 예뻐해주시고요. 어떠한 애정이라도 '아가'들은 온몸으로 받아주거든요."

하얀 정장을 입은 직원은 '아가'들과 똑같은 단발머리였다. 뉴스에서 직원은 '엄마'가 아니라, 아이들의 모범이 되는 형제자매 같은 존재라고 들었다. 그러고 보니 '아가'들은 직원에게 어리광을 부리지 않았고 우리에게만 '엄마, 엄마' 하고 부르며 따랐다.

남편은 이 상황에 푹 빠져 아이들의 머리를 쓰다듬거나 안아주고 있었다. 나도 조심스레 내 다리에 매달린 '아가'를 안아 올렸다.

'아가'의 작은 몸은 화이트 아스파라거스처럼 보드라워서 자칫하면 부러지거나 깨질 것 같았다.

"이렇게 엉덩이와 등을 받치고 안아주세요."

어찌할 줄 몰라 하는 나를 본 직원이 능숙한 손놀림으로 시범을 보였다.

간신히 내 품 안에서 안정을 찾은 '아가'는 안도의 미소를 지으며 내 몸에 얼굴을 비벼댔다.

저쪽 모래밭에 울고 있는 '아가'도 있었다. 어른들은 그조차 즐기는 듯 여기저기서 손을 내밀어 '아가'를 어르면서 웃고 있었다.

"어머, 이 아이 쉬했나 봐요."

"어머, 정말요? 내가 갈아줄게요!"

아직 배변을 가리지 못하는 아이들에게는 특히 딱 달라붙은 채 다들 신이 나서 기저귀를 갈아주었다.

사람들은 아이의 울음도 배변도 모두 하나의 즐길 거리처럼 대했다. 공원의 길 고양이에게 먹이라도 주듯 모두 '어머' '귀여워' 하고 호들갑을 떨며 아이들에게 몰려들어서는 마냥 예뻐하고 있었다.

마치 도시 전체가 합심하여 인간의 아이라는 애완동물을 키우는 듯한 광경이었다. 직원들은 '아가'들을 달래는 '엄마' 옆에 항상 대기하며 무슨 일이 생기면 언제든 대처할 수 있도록 준비하고 있었다.

"'아가', 이리로 오렴. 어서."

남편도 몸을 내밀며 단발머리에 하얀 아동복을 입은 '아가' 중 한 명을 불러서 번쩍 안았다.

남편의 품에 안긴 '아가'는 이런 상황이 익숙한지 남편이 뺨을 비벼도 얌전히 있었다. 직원이 다가와 넌지시 조언을 건넸다.

"이 아이는 등을 만져주면 좋아한답니다."

그 말대로 하자 아이는 까르르 해맑게 웃으며 간지러운 듯 몸을 꼬았다.

아이의 콧물을 닦아주며 남편이 직원에게 물었다.

"저기 있는 과자를 좀 줘도 되나요?"

"100킬로칼로리까지는 괜찮습니다. 여기 전용 쿠키가 있으니까 직접 먹여주세요."

우리는 유아용 작은 쿠키를 한 조각씩 받아서 잘게 부순 다음 '아가'에게 주었다.

'아가'는 좋아라 쿠키를 먹었다. 손끝에 '아가'의 눅눅한 침이 묻자 나는 얼굴을 찌푸렸다. 남편은 귀엽다, 귀엽다 하며 즐기는 것 같았지만, 나는 왠지 한기가 들었다.

인간 아이를 마치 애완동물처럼 마음대로 예뻐하고 나서 책임은 지지 않고 혼자만의 자유로운 집으로 돌아간다. 진정 아이들이 자신을 '온 세상의 사랑을 받는 존재다'라고 느낄지 의문이었다.

"고양이 카페 같네. 무책임하게 예뻐하다 질리면 집에 가면 되잖아."

내 비아냥거림을 들은 남편은 큰 소리로 웃었다.

"그러게, 당신 말이 맞아. 여긴 거대한 '아가 카페' 같아. 저기 있는 아이 좀 봐, 정말 활기차게 뛰어놀고 있어."

기뻐하는 남편의 모습까지 포함하여 나는 이 광경이 그저 기묘할 뿐이었다. 새하얀 아동복을 맞춰 입고 똑같은 머리

모양을 한 '아가'들도 어딘지 모르게 범상치 않은 기운을 내뿜고 있었다.

"직접 겪어보니 어때요? '아가'들이 참 예쁘죠?"

곁으로 다가온 집주인 할아버지가 안고 있는 아이를 보고서야 나는 그 위화감의 정체를 깨달았다.

유전자가 다르니 '아가'들은 저마다 얼굴 생김새가 달랐다. 하지만 남편이 안은 '아가'와 집주인이 안은 '아가'는 똑같은 표정을 짓고 있었다. 남편의 품에 안긴 큰 코의 '아가'와 집주인을 올려다보는 까무잡잡한 '아가'는 같은 얼굴근육을 움직여 눈을 게슴츠레 뜨고는, 입을 벌린 채 웃고 있었다. 자세히 보니 '아가'의 언니 오빠 격인 직원들도 같은 근육을 움직여 웃고 있었다.

아이들은 어른을 보며 자란다. '모범'이 되는 직원들이 전부 같은 머리 모양에, 같은 표정에, 같은 말투니까 매일같이 그들을 보며 자란 '아가'들이 죄다 똑같은 표정인 것도 어쩌면 당연한 일인지 모른다.

소름이 돋았다. 그야말로 균일하고 다루기 편한 '인간'을 제작하기 위한 공장이 아닌가.

남편은 아무것도 모른다는 얼굴로 '아가'를 안고 있었다.

남편 품 안의 '아가'처럼 눈을 뜨고 입을 헤벌린 채 웃는 '아가'가 내 다리를 붙잡고 어리광을 피웠다.

　나도 모르게 다리를 치우자 '아가'는 엉엉 울기 시작했다. 그 우는 얼굴조차 저쪽에서 우는 몇몇 '아가'들처럼, 같은 얼굴근육을 써서 울상을 지은 것처럼 보였다.

　"어머나, 무슨 일일까?"

　다른 '엄마'가 환한 얼굴로 다가와 우는 아이를 안았다.

　"당신, 왜 그러는 거야? 아이들에게는 '사랑의 샤워'를 내려줘야지."

　남편의 웃음소리가 마치 세상이 삐거덕거리는 이질적인 소리처럼 울려 퍼졌다.

　'실험도시 에덴의 모든 아이는 새로운 시스템 속에서 자랍니다. 그것은 바로 심리학과 사회학적 관점에서 철저하게 연구하여 완성된 '에덴 시스템'입니다.

　기존의 '가족 시스템'이 고도의 지능을 가진 동물에게 부적합한 번식 시스템이라는 사실은 각 연구소의 논문을 통해 이미 증명된 바 있습니다. '에덴'에서는 모두가 '인간'의 아이이자 '엄마'입니다. 마치 아담과 이브가 금단의

205

열매를 따 먹기 전까지 살았던, 사랑이 가득한 세상처럼.

'인간'의 아이를 키우기 위한 먹이와 둥지는 모두 센터에서 제공됩니다. 센터에서는 개개인의 두뇌 발달과 심리학적 관점에서도 각자의 개성을 충분히 배려한 커리큘럼을 통해 아이들을 교육합니다. 생활적인 면도 지도를 통해 모든 아이를 인재로 키워냅니다.

'에덴'에서 어른들의 의무는 두 가지입니다. 첫 번째 의무는 엽서를 받으면 연령과 성별을 불문하고 수정하여 번식에 육체를 제공할 것, 두 번째 의무는 아이들의 양육에 정신적으로 협조하는 것입니다. 모든 어른은 아이들에게 '사랑의 샤워'를 내리는 존재가 되어야 합니다.

최근의 연구로, 기존의 가족 시스템 같은 형태가 아니라 '온 세상에서 사랑받는' 감각을 느끼며 자란 아이들이 훨씬 우수하고 정신적으로도 안정된 상태로 자란다는 사실이 밝혀졌습니다. 여러분은 아이들에게 '사랑의 샤워'를 내리는 존재가 되어 인류의 생명을 이어갈 존재로서 아이들을 사랑하고 모든 아이의 '엄마'가 되어서 무한한 사랑을 쏟아주시길 부탁드립니다.

오늘 본 세미나에 참석해주셔서 감사합니다. '에덴'에

서 멋진 생활을 즐기시기 바랍니다.

　또한 '에덴'에서는 일주일에 한 번, 주민을 대상으로 한 세미나를 개최하고 있습니다. 불안한 점이 있으시거나, 시스템에 대해 더욱 자세히 알고 싶으신 분들은 참석해주십시오.'

눈을 번쩍 뜨니 실내는 어두컴컴했다.

　옆에서 들리는 숨소리를 듣고서야 이곳이 우리 부부의 침실이라는 사실을 깨달았다. 나는 살며시 자리에서 일어나 머리맡에 놓아둔 프라다 파우치를 열었다. 그 안에 가득한 연인들의 모습을 달빛에 비쳐 보았더니 다소 마음이 진정됐다.

　이곳으로 이주한 뒤부터 이사 전에 참석했던 세미나가 꿈에 자주 나왔다. 그때는 남편과 어디로든 멀리 떠나고 싶은 마음만 가득해서 한 귀로 흘려버렸다. 하지만 실제로 아이들과 매일 접해야 하는 생활을 하고 있노라면, 그때 보았던 비디오와 직원의 설명이 선명하게 떠오르곤 했다.

　이 미쳐 돌아가는 세상에서 우리만큼은 정상이어야 한다. 마흔 명의 연인을 보면, 내 안에 냉동된 발정의 존재를 확인

할 수 있었다. 이곳이 사랑 없는 세상이라 해도 지금까지 몸
속에 축적된, 인간이 아닌 존재를 향한 연정은 아직 내 안에
존재하고 있었다. 모든 사람이 '엄마'가 되는 세상에서 새
로운 사랑을 하지는 못하더라도, 나는 내 안에 냉동 보존된
'연정'을 꺼내 바라보며 평화롭게 살아갈 것이다.

파우치에 달린 크롬 열쇠고리에 나는 살며시 입을 맞췄
다. 크롬은 '저쪽 세상'과 다름없는 선연함으로 나를 물끄러
미 바라보고 있었다.

약간 위화감은 들었지만, 우리의 생활은 순조로웠다.

거리는 새것과 같이 깨끗했고, 보조금이 나오는 덕에 집
세도 저렴했다. 기본적으로 도시 안에서 모든 일을 처리할
수 있도록 정비되어 있었다. 나는 정부에서 소개해준, 열차
로 15분 정도 걸리는 작은 회사에 취직해 사무직으로 일했
다. 남편은 역 앞의 시청에 취직했다. 주말이 되면 우리는
아침 일찍부터 근처 공원을 찾았다. 아이들에게 '사랑의 샤
워'를 퍼붓는 건 주민의 의무였다.

주말에는 '아가'들과 시간을 보내고, 평일에는 퇴근해서
각자 집으로 갔다가 저녁 식사를 함께했다.

나는 야근이 잦은 편이라 시청에서 일하는 남편이 더 일찍 퇴근하는 날이 많았다. 월급은 그전의 3분의 2 수준이었지만, 딱히 불만은 없었다. 적은 월급보다는 지바를 나갈 때마다 나리타에 들러 신청서를 제출한 뒤 열차에 타야 하는 것이 더 번거로웠다. 도시 안에 대형 쇼핑몰과 오락시설이 여러 개 있어서 차츰 볼일은 그곳에서 보게 되었다.

거실 식탁에 마주 앉아 식사를 하는데 남편이 말했다.

"매일매일이 행복해. '아가'들은 사랑스럽고 집에 오면 당신이 있잖아. 오늘 그네 태워준 아이 봤어? 과자를 줬더니 공손하게 고개를 숙이며 고맙다고 하는 거 있지. 어찌나 귀여웠는지 몰라. 그 아이들이 전부 내 자식이라니, 정말 꿈만 같아."

"무슨 소리야, 우리 아이는 아직 태어나지도 않았잖아."

나도 모르게 날카로운 목소리로 쏘아붙이자 남편은 잠에서 덜 깬 사람처럼 "아…… 그런가, 그랬지" 하고 중얼거렸다.

"역시 '에덴 시스템'은 실패한 제도야. 뭔가 이상해."

"그렇긴 해."

남편은 동의하면서도 오늘 만난 '아가'가 얼마나 사랑스러웠는지 열심히 설명했다.

"곧 인공수정 통지가 오겠네."

"그러게. 우리 중에 누구라도 당첨됐으면 좋겠다."

우리는 마주 보며 웃었다.

인구는 컴퓨터로 관리되었고 인공수정 대상자에게는 11월 중순에 엽서로 통지가 갔다. 엽서를 받은 사람만이 12월 24일에 일제히 인공수정을 받을 수 있었다.

며칠 뒤 도착한 엽서를 우리는 두근거리는 심정으로 뜯었다. 우리 둘 다 인공수정 대상자로 선정되었다는 사실을 알았을 때는 환호성을 질렀고, 그날 밤 축하파티를 열었다.

나는 피임 기구를 제거하고 배란유도제를 먹었다. 남편은 병원에서 정자를 채취하고 24일이 오기만을 기다렸다. 그날이 너무 아득하게만 느껴져서, 달력에 표시하며 하루하루 손꼽아 기다렸다.

인공수정 시술일인 크리스마스이브는 구름 한 점 없는 화창한 날씨였다.

그날은 아침부터 병원에 사람들이 몰려들었다. 우리 부부도 휴가를 내고 일찌감치 근처 산부인과로 갔다.

우리가 병원에 도착하자 의사 한 명이 나와 이쪽을 향해 조용히 손짓했다.

"미즈우치, 미안해."

"아냐, 그보다 아무한테도 안 들켰지?"

"응, 걱정 마."

미즈우치는 주위를 살피며 문을 닫은 뒤, 남편과 나에게 번호표를 건넸다.

"이거 받아. 이 번호로 시술을 받으면 사카구치는 남편분의 정자로, 남편분은 사카구치의 난자와 본인의 정자로 인공수정을 하게 될 거야."

"정말 고마워, 이 은혜 잊지 않을게."

"그보다 비밀은 꼭 지켜야 해. 만에 하나라도 들통나면 난 여기서 쫓겨나."

하얀 가운을 입고 난감한 표정을 짓는 미즈우치에게 나는 "어려운 부탁을 해서 정말 미안해" 하고 고개를 숙였다.

중학교 동창인 미즈우치는 예전에 말했던 대로 남성의 인공수정을 연구하는 의사가 되겠다는 꿈을 이루었다. 그 이야기를 들은 나는 이곳으로 이주하기 직전까지 끈질기게 전화를 걸어 통사정했다.

"난 아직 조수 신분이라 직접 시술은 못 해. 내가 할 수 있는 일은 여기까지인데 괜찮겠어?"

"응. 이걸로 충분해. 정말 고마워. 은혜는 꼭 갚을게."

"들키지만 않으면 되는걸. 그나저나 이게 그렇게 중요한 일이야?"

미즈우치는 어깨를 으쓱하며 물었다. 나의 난자와 남편의 정자로 '우리의 아이'를 갖는 것이 얼마나 중요한지 이해 못 하는 눈치였다.

"가끔 지바에 남은 동창들이 오기도 해. 너하고 친했던⋯⋯."

"유미?"

"그래, 그 애도 왔었어. 내가 사전 검사를 했지."

"얘기 들었어."

유미의 이야기는 다른 동창에게 들었다. 10년 전, 지바가 실험도시가 되었을 때부터 이주하지 않고 줄곧 이곳에서 생활했던 유미는 그동안 두 번의 임신과 출산을 거쳐 두 아이를 센터로 보냈다고 한다. 제 배 아파 낳은 자식을 미련 없이 '아가'로 만들어버린 그 속내를 나는 도무지 헤아릴 수 없었다.

"이렇게까지 누구의 정자로 수정할지 집착하는 사람은

처음인데……."

미즈우치는 희한하다는 표정이었지만, 나는 애써 미소 지으며 솔직한 심정을 털어놓았다.

"우리 유전자를 남기고 싶어. '아가'가 아니라 우리 아이를 원해."

"나는 솔직히 이해 못 하겠어."

"이해할 필요 없어."

미즈우치는 이미 이 도시에 세뇌된 것이다. 그런 생각을 하며, 나는 약간의 조소를 담아 대꾸했다. 나와 똑같은 표정을 한 미즈우치가 찬찬히 나를 바라보며 말했다.

"사카구치는 아직 '저쪽 세상'의 세뇌가 덜 풀렸구나."

싸늘한 기구가 내 구멍을 활짝 벌리는 느낌이 들었다.

이 감각은 몇 번을 겪어도 도무지 익숙해지지 않았다. 시술대 맞은편은 커튼으로 가려져 있어서 기구 소리만 들렸다. 질에 닿은 차가운 그 금속이 어떤 모양인지, 질 입구가 지금 어떤 상태인지도 상상할 수 없었다. 아프지는 않았지만, 이 상황은 늘 희미한 공포를 불러일으켜서 혈관이 불룩 솟을 만큼 주먹을 꽉 쥐곤 했다.

"약물이 잘 들었네요. 배란 직전이라 수정하기에 적합한 상태입니다."

커튼 너머에서 의사의 목소리가 들렸다. 무언가 다른 기구를 질에 대는 느낌과 함께 "좀 차가울 겁니다"라는 의사의 말이 들렸다. 질 내부를 세정하는 물이 들어왔다 밖으로 흘러내렸다.

"그럼 시술을 시작하겠습니다. 금방 끝나니까 편히 있으시면 됩니다."

부드러운 튜브 형태의 무언가가 내 안으로 들어오는 것 같았지만, 구체적으로 생각하면 무서워질 것 같았다. 나는 앞으로 벌어질 일은 상상하지 않기로 마음먹고 오로지 천장만 바라봤다.

사전에 채취해서 냉동 보관되었던 남편의 정자가 지금 내 안에 들어오고 있었다. 귀찮아하면서도 우리의 부탁을 들어준 미즈우치에게 감사의 마음을 전하며, 나는 아까 보았던 그의 냉소를 반추했다.

미즈우치가 말했던 '저쪽 세상'은 더 이상 라피스가 사는 세상을 뜻하는 말이 아니었다. 그는 이미 라피스의 존재 같은 건 떠올리지 않을지도 모른다. 미즈우치도 이 도시에서는 '엄마'였으니까.

인간은 과학적인 교미를 통해 번식하는 유일한 동물이라
고 했다. 만일 인공수정 기술이 이만큼 발전하지 않았다면,
우리는 지금도 교미를 하고 있을까. 엄마가 했던 것처럼.

만일 평행세계가 존재하고 그곳에서는 인공수정 기술이
여기처럼 발전하지 않았다면, 우리는 어떤 형태의 동물이
되었을까.

"자, 끝났습니다."

의사의 목소리가 시술이 끝났음을 알렸다. 약간의 통증도
없어서 무슨 일이 일어났는지조차 알 수 없었다.

"감사합니다. 말씀대로 하나도 안 아프네요."

"옛날 전쟁 때나 아팠죠. 지금은 기술이 발전했으니까요.
착상 확률도 거의 100퍼센트라고 보시면 됩니다. 출산은 아
마 내년 8월 말이나 9월 초에 하실 거고요. 그때까지 몸 관
리 잘하세요."

나는 의사에게 감사 인사를 하고 시술대에서 내려왔다.
속옷을 입는데 이것이 '인간'의 교미구나 하는 생각이 막연
히 들었다. 아랫배를 어루만져봤지만 이물감은 조금도 느껴
지지 않았다. 내 안으로 남편의 정자가 조용히 들어왔다는

사실에 현실감을 느낄 수 없었다.

커튼 너머로 간호사가 다음 환자를 위해 기구를 준비하는 소리가 들렸다. 어쩌면 저 정갈한 소리는 내가 태어나던 날에도 울려 퍼졌을지 모른다.

인간이 동물이었던 시절에, 우리는 어떤 소리 속에서 교미를 하고 세상에 태어났을까. 아무리 상상력을 동원해도 머릿속에는 청결한 병원의 풍경이 떠오를 뿐이었다.

남편의 수술이 끝난 건 오후가 되어서였다.

인공자궁 수술은 복부를 살짝 개복하여 혈액과 수분을 순환시키는 튜브를 부착한 뒤, 배꼽 위쪽으로 인공피부 소재의 주머니를 다는 것이었다. 설명을 들었을 때는 엄청난 대수술인 줄 알았는데, 의사가 한 시간 만에 끝난다고 말해주었다. 병원 안의 스타벅스에서 커피를 마시며 기다리고 있으려니 남편이 손을 흔들며 나타났다.

"수고했어, 좀 오래 걸렸네."

"수술 자체는 간단했는데 대기하는 사람이 많더라고. 폐경하거나 본인의 자궁으로 임신할 수 없는 여성들도 있잖아. 남자들은 말할 것도 없이 몰려들었고. 엄청 기다렸어."

"그랬구나. 왜 꼭 오늘이어야 하는 걸까."

"모르지. 하지만 어떻게 보면 처녀 수태나 다름없으니까 딱 어울리는 날이기는 해."

남편은 무릎까지 오는 기다란 스웨터 차림이었다. 태아의 성장에 맞춰 자궁을 확장시키는 기술은 아직 개발되지 않은 까닭에, 인공자궁 수술을 받은 이들은 배꼽 위부터 무릎 위까지 인공피부 소재의 주머니를 차고 살아야 했다. 그 주머니 안에서 아이가 자라는 것이다. 그 때문에 출산 전까지는 배에 부착한 주머니를 감추기 위해서 긴 기장의 옷이나 임부용 원피스를 입고 생활해야 했다. 남편은 미리 준비해온 남성 임부용 스웨터를 들뜬 표정으로 입었다.

집주인 할아버지가 택시는 밀릴 거라며 직접 차를 몰고 데리러 왔다. 전화를 해서 수술이 끝났다고 하자 금방 병원 앞으로 차가 나타났다.

"너무 신세만 져서 죄송하네요."

"무슨 그런 말을 하나. 시술을 받은 '엄마'에게 도움을 주는 것도 다른 '엄마'들의 의무야. 그러니까 마음 쓰지 말고 어서 타게."

우리는 차례로 뒷좌석에 올라탔다. 남편은 배를 감싸며

차 안으로 들어왔다.

"난자가 어디쯤 있대?"

"아직은 배꼽 위쪽에. 성장하면 점점 아래로 내려간대."

"그럼 주머니 안은 지금 비어 있는 거야?"

"그렇지. 하지만 의사 말로는 시간이 지날수록 아이가 조금씩 아래로 내려가서 보일 거래."

남편은 '안전한 임부 생활을 위하여'나 '남성 임신에서 주의할 점'이라고 적힌 안내 책자를 흐뭇한 얼굴로 넘기며 훑어보았다.

"그 주머니, 불편하지 않아?"

"아무래도 좀. 그런데 그 불편한 느낌까지 좋아. 생명을 키운다는 게 실감 나거든. 뭔가 새로운 육체로 다시 태어난 기분이야."

남편은 스웨터를 살짝 들어 배에 부착된 주머니를 보여 줬다. 그것은 마치 짓이겨진 거대한 고환 같은 기묘한 모양새였다. 여성의 자궁과 달리 몸 밖에 있어서 외부의 충격을 견딜 수 있을지도 걱정이었다. 실제로 보니 아직 성공한 사례가 없는 것도 이해가 갔다. 솔직한 심정은 그랬지만, 흐뭇한 얼굴로 주머니를 어루만지는 남편을 보고 속으로 말을 삼켰다.

스웨터를 올리고 제 몸에 붙은 주머니를 쓰다듬는 남편에게 집주인 할아버지가 말을 걸었다.

"둘 다 수정은 처음인가? '저쪽 세상'에서도 수정이나 임신 경험은 없고?"

"네, 없어요."

"아이고, 고생 많았겠어. 처음이라 더 힘들었겠네."

"하지만 이걸 위해 여기 온 거나 다름없어서요."

활기차게 대답하는 남편을 보고 집주인 할아버지는 고개를 끄덕이며 아련한 표정을 지었다.

"그 심정 나도 아네. 남자가 임신하기 위해서는 이곳 주민이 되는 수밖에 없으니까. 하지만 아마미야 씨는 운이 좋은 편이야. 나도 예전에는 '저쪽 세상'에 살면서 자식도 뒀지만, 임신이란 게 너무 해보고 싶어서 10년 전에 이곳이 실험도시로 지정되자마자 이주를 결심했지. 바람과는 달리 선정되었다는 엽서가 좀처럼 안 와서 3년이 지나서야 겨우 첫 시술을 받았고, 지금까지 총 세 번을 받았다네."

"그러셨군요. 제 선배시네요."

환한 얼굴로 그렇게 말하는 남편을 향해 집주인 할아버지는 고개를 끄덕였다.

"처음에는 위화감이 들었지만, 점점 내 몸의 일부가 되어가는 느낌이라 얼마나 행복했는지 몰라. 이런 체험은 '저쪽 세상'에서는 결코 못 해볼 일이니까."

"그렇죠. 아직 실용 단계까지는 못 왔으니까요."

"기술도 그렇지만, 예산 문제도 있거든. 어서 성공 사례가 나와야 할 텐데. 부디 잘 키워주게나. 힘든 일 있으면 뭐든 말하고. 건강한 '아가'가 태어나기를 비네."

"네!"

집주인 할아버지는 힘차게 대답하는 남편을 보고, 흐뭇한 표정을 지으며 연신 고개를 끄덕였다.

우리는 집으로 돌아와 오늘만큼은 집안일을 쉬기로 하고 피자를 시켰다. 그리고 소파에 앉아서 서로의 배를 쓰다듬었다.

"당신 배는 전혀 달라진 게 없네."

"당연하지. 오늘 수정했잖아."

"여자들은 좋겠어. 하지만 내 주머니도 만만치 않아. 어떤 아이가 먼저 태어날까? 센터에 보내지 않는 걸 들키면 안

되는데."

"죽어도 아이를 지키자. 우리 아이잖아."

"둘 다 별일 없이 태어나면 좋겠어."

"그러면 함께 오순도순 자랄 텐데."

창문 너머로 역 앞에 있는 하늘색 콘크리트 광장이 보였다. 한가운데 있는 하얀 트리가 옅은 하늘색 불빛에 휩싸여 있었다.

내년 이맘때는 아이와 함께 일루미네이션을 구경할 수 있을지도 모른다. 아직 어려서 그 뜻은 모르겠지만, 머리맡에 선물도 놓아둬야지.

나는 배를 쓰다듬으며 그런 생각을 했다. 아직 올해 크리스마스가 끝나지도 않았는데 내년의 불빛이 눈꺼풀 뒤에서 깜빡이는 것 같았다.

내가 유산한 건 그로부터 한 달 뒤였다.

회사에서 일을 하는데 느닷없이 출혈이 멈추지 않아서 생리대로 응급 처치를 한 뒤 병원으로 달려갔다. 늘 몸 상태를 신경 썼고 무리한 운동도 하지 않았다. 하지만 의사는 냉정하게 말했다.

"원래 이 시기쯤 되면 유산하기 쉽습니다. 그래서 그 확률까지 포함해 관리하고 있죠."

의사는 마치 예상했던 일이니 걱정하지 말라는 투였다. 인류를 위한 아이가 아니라, 내 아이를 잃은 것이라 악을 쓰고 싶었지만 그럴 수는 없었다.

사후 처리는 맥 빠질 정도로 순식간에 끝났다. 아이를 보낸 것보다 '네가 아니라도 다른 사람이 낳을 테니 괜찮다'라고 말하는 듯한 의사와 간호사의 태도가 참을 수 없이 괴로웠다.

"고생하셨습니다. 그럼 다음 시술 때 잘 부탁드려요."

병실을 나가는 나를 향해서 환한 미소로 말하는 간호사에게 달려들고 싶은 충동을 간신히 억눌렀다.

모두 이 고통을 상상하는 것조차 불가능해진 걸까.

말없이 택시를 타고 돌아온 나를 남편이 맞이했다.

"당신 괜찮아?"

"응. 난 괜찮은데, 아이가……."

"당신이라도 무사해서 다행이야."

다정하게 어깨를 토닥이는 남편을 보니 눈물이 북받쳐 올랐다.

겨우 '정상'적인 대화를 나눌 수 있는 사람을 만난 기분이

었다. 한동안 남편의 어깨에 얼굴을 묻고 났더니, 마냥 우울
해할 수만은 없다는 생각이 들었다. 나는 고개를 들고 애써
밝은 목소리로 말했다.

"응. 게다가 당신 아이는 아무 일 없이 잘 크고 있잖아."

"그래, 내가 대신 낳을게."

남편은 '아가'를 대하듯 나를 끌어안고 등을 어루만졌다.

남편의 배에 달린 주름진 자궁이 품에 안긴 내 허벅지에
닿았다. 이와 비슷한 장기가 내 배 속에도 존재하는 걸까.
할 수만 있다면 밖으로 꺼내 자궁을 직접 보고 싶었다. 그리
고 그 속에 있는 아이의 피 냄새도 맡고 싶었다.

그런 생각을 하면서 나는 남편의 품에 안긴 채 그의 배에
달린 뜨뜻한 자궁을 어루만졌다. 남편도 그의 자궁도 모두
따스했다. 나는 가족의 체온에 안도감을 느끼며 눈을 감았
다. 바깥에서는 눈발이 날리고 있었다. 세상의 모든 소리가
눈 속으로 빨려 들어가는 듯했다.

남편의 배는 나날이 불러갔다. 주름투성이였던 자궁은 아
이에게 맞춰서 조금씩 부풀었다.

외부의 충격을 방지하는 특수한 인공피부 소재라는 설명

은 들었지만, 태아의 형태가 피부 아래로 또렷이 나타나기 시작하자 왠지 불안했다. 아차 하는 사이에 짓이겨지거나, 상처를 입을 것만 같아서 나는 남편의 배에 절대로 충격을 주지 않도록 조심하고 또 조심했다.

"너무 신경 안 써도 돼. 손가락으로 자궁을 눌러봐. 스펀지처럼 흡수되지? 이게 아이를 보호하고 있으니 걱정 마."

"하지만 꼭 피부색 랩으로 싼 것처럼 아이의 형태가 점점 뚜렷하게 보이잖아. 혹시라도 잘못될까 봐 무서워."

"괜찮다니까. 난 알아. 자, 쓰다듬어 봐."

나는 무서운 마음에 좀처럼 아이에게 손댈 수 없었지만, 남편은 제 배를 쓰다듬으며 아이에게 말을 거는 데 정신이 팔려 있었다.

임부妊夫인 남편은 밖에서도 모두의 주목을 받았다.

"남자인데 용케도 잘 키우고 있네! 여기 앉아요."

"감사합니다."

열차에서 자리를 양보받거나, 공원에서 한번 만져봐도 되냐고 다가오는 사람들과 만나는 일은 일상다반사였다.

"건강한 '아가'가 태어나면 좋겠네요."

눈웃음을 지으며 남편의 자궁을 쓰다듬는 '엄마'들의 표정을 보면, 자궁 속 아이는 '남편의 아이'가 아니라 '인류 전체의 아이'라고 말하고 있는 것 같았다. 하지만 남편은 흔쾌히 '엄마'들의 스킨십에 응했다.

그런 남편의 모습을 보면 불현듯 불안에 휩싸이곤 했다.

"우리, 가족 맞지?"

남편에게 확인하듯 묻자 그는 고개를 끄덕였다.

"어? 그럼, 당연하지."

남편은 이제 내가 만든 음식에 거의 손을 대지 않았다.

나 역시 남편이 자르거나 껍질을 벗긴 식재료가 왠지 불결하게 느껴졌다. 같은 식탁에 앉아 있으면서도 우리는 저마다 자신이 만든 음식만 먹고 있었다.

'피 한 방울 안 섞인 남이 집에 있는 건 뭔가 청결하지 않은 느낌이랄까.'

아미의 말이 머릿속에 떠올랐다.

우리는 무엇에도 속하지 않는 하나의 생명체로서, 청결한 집에 혼자 살아가는 데 익숙해지고 있었다.

생활도 성욕도 오롯이 혼자만의 것. 그런 생활이야말로 나에게 어울린다는 생각마저 들었고, 늦어진다는 남편의 연락을 받을 땐 안도의 한숨을 내쉬었다. 그런 날이 일주일이나 계속되면, 오히려 이쪽이 정상적인 생활일지도 모른다는 생각이 들었다.

차츰 주말에도 따로 시간을 보내게 되었다.

"오늘은 어떻게 할래?"

토요일 아침에 전화로 물었더니 남편은 주저하며 말했다.

"나는 보고 싶은 영화가 있어서……. 그리고 센터의 '아가 방'에 가보려고."

"그래? 나도 빨랫감이 많아서……. 그럼 낮에는 따로 움직일까?"

"밤에는 어떡할까? 저녁 같이 먹을래?"

"음…… 반찬을 얻어왔는데 당신이 좋아하는 맛은 아닌 것 같아. 상하게 둬서 버릴 수는 없으니까 오늘은 여기서 혼자 먹을게."

"그럼 오늘은 각자 보내자. 다음 주에 다시 연락할게."

'거실'이었던 내 집에는 소파형 침대를, '침실'이었던 남편의 집에는 간이 테이블을 들여놔서 차츰 각자 집에서 잠을 자고 밥도 먹는 일이 늘어났다.

전화를 끊고 해방감을 느끼며 소파에 누웠다. 혼자만의 집은 더할 나위 없이 쾌적했다. 우리가 살던 집에 배어 있던

'우리 집 내음'은 점차 옅어지고, 대신 제 냄새 속에서 살아가는 생활에 안심이 되기 시작했다. 나와 남편의 아이가 잠든 인공자궁 속도 이런 느낌일지 모른다. 불현듯 그런 생각이 뇌리를 스치고 지나갔다.

봄이 찾아왔을 즈음에는 남편과 가끔 연락을 주고받는 사이가 되어 있었다.

3월이 되자마자 주리가 집으로 찾아왔다.

"너희 남편은? 오늘은 쉬는 날 아냐?"

"응, 건강 검진을 받으러 병원에 갔어. 남자는 더 자주 받더라고."

"안 따라가도 되겠어? 내가 괜히 온다고 했나? 미안해."

"괜찮아. 남편도 혼자가 편할 테니까."

"그럼 다행인데……."

주리를 어느 집으로 데려갈지 망설이다 결국 내 집으로 안내했다. 소파형 침대가 놓인 집을 보고 주리는 당황한 눈치였다.

"여긴 침실 아냐? 내가 들어가도 돼?"

"아냐, 원래는 남편 집을 침실로 썼는데 여기서 자는 날이 많아져서 침대를 샀어. 좁지? 미안해."

"아니, 그런 게 아니라……."

나는 작은 테이블에 홍차와 케이크를 차려놓고 주리와 마주 보고 앉았다.

"오느라 힘들었지? 고마워, 일부러 여기까지 와주고."

"네 얼굴 보고 싶었으니까 상관없어. 그나저나 절차가 엄청 까다롭더라."

"아직 실험도시 단계잖아. 실험이 성공하면 왕래도 더 쉬워지겠지."

"제발 그랬으면 좋겠어. 오는 사람마다 이런 걸 차야 한다면 누가 여기 오려고 하겠어."

주리는 한숨을 내쉬며 오른손에 낀 고무 소재의 팔찌를 만지작거렸다.

주민이 아닌 외부인이 지바에 들어올 때도 나리타에는 들러야 했다. 체류 기간을 말하면 손목에 GPS가 탑재된 팔찌를 채워줬다. 체류 기간이 지난 뒤에도 떠나지 않을 경우 현에서 직원들이 나와 경고하는 방식이었다.

주리는 당일치기라 검사 자체는 그리 삼엄하지 않았지만, 오래 머물다 가는 사람들에게는 더욱 엄격한 기준을 적용하는 모양이었다. 컴퓨터로 인구를 완벽하게 관리하는 것이 실험도시의 목적이었기에 불법으로 침입한 이들의 체류를 용납할 수 없다는 건 알겠지만, 도시 전체가 하나의 거대한 밀실 같다는 생각을 지울 수 없었다.

주리는 손에 든 안내 책자를 넘기며 훑어보았다. 표지에는 '이곳에서 쭉 살지 않으시겠습니까?'라고 적혀 있었다. 보안 검사를 마치고 도시에 들어오면, "신청서만 내면 이대로 이곳에서 살 수 있습니다"라며 이주를 권유하니 방문객들이 당혹스러워하는 것도 당연한 일이었다.

주리는 한숨을 쉬며 홍차를 마셨다.

"난 왠지 이 도시가 께름칙해. 역에서 나온 사람들에게 '엄마, 엄마' 하고 부르며 아이들이 몰려들고 나한테까지 '엄마'라고 하더라고……."

"그렇지? 나도 처음에는 놀랐어."

"이곳으로 이주 수속을 시작한 시점부터 법적인 혼인관계가 사라진다고 했지? 그래도 너하고 네 남편은 아직 부부로 사는구나. 사랑의 도피 맞네, 맞아."

나와 남편이 서로 깊이 사랑하는 줄 아는 주리는 감동한 눈치였다.

"아이가 생기면 원래 세상으로 데리고 나와."

"그래…… . 남편하고 상의해볼게."

나는 애매하게 고개를 끄덕이며 홍차를 마셨다.

미즈토는 평생 홀로 살아가는 건 너무 고독하다고 했고, 나도 그에 동의했다. 하지만 막상 모든 사람이 그렇게 사는 세상에서 일상을 반복하다 보니, 원래부터 우리는 이런 습성의 동물이었는지도 모른다는 생각이 들었다.

'엄마'밖에 없는 세상이라 이곳에서는 성인용품도 편의점에서 쉽게 구입할 수 있었다.

'사랑'을 하기 위해서가 아니라 성욕을 처리하는 데 초점이 맞춰진 지극히 단순한 기구들, 그리고 성적 취향에 따라 다른 데이터가 들어 있는 디스크가 생리용품 옆에 진열되어 있었다. 그 덕에 손쉽게 입수하여 신속히 성욕을 처리하는 게 가능했다. 마흔 명의 연인으로 가득한 프라다 파우치는 옷장 속에 처박힌 지 오래였다. 날마다 '아가'에게 '사랑의 샤워'를 내려주느라 바쁜 나머지 편안하게 '섹스'를 할 시간이 없었기 때문에 자연스레 편리한 방법을 택하게 된 것이다. 지금도 연인들을 소중히 여기는 마음은 변함없었지만,

몸속의 성욕을 처리하고 나면 그들의 존재를 잊어버리기 일쑤인 것 또한 사실이었다.

새로운 사랑을 시작한 것도 아닌데 미즈토의 존재를 잊어가고 있었다. 이 세상 전체에 서서히 적응해가는 일이야말로 사랑보다 강력한 마약 같았다. 외로울 때 공원에 가면, 애완동물 같은 아이들이 '엄마' 하고 부르며 몸을 비벼댔다. 갓난아이를 품에 안고 싶을 때는 센터의 '아가 방'에 갔다. 항시 스무 명 정도의 아이가 있는 그곳에서 직원이 지도하는 대로 아이를 안고 분유를 먹이거나 기저귀를 갈았다.

나는 왜 '가족'을 원하게 된 걸까. 그 이유를 헤아릴 수 없어서 골똘히 생각에 잠기기도 했다.

가장 큰 동기는 '고독'이라 생각했다. 하지만 모두가 홀로 살아가는 이 세상에서 그 감각은 어느새 사라지고 없었다.

실제로 다른 시스템 속에서 번식을 시작하고 나니 '가족'이란 무수히 존재하는 동물의 번식 시스템 중 하나에 불과하다는 생각마저 들었다. 만일 이 '에덴 시스템'이 실패하더라도 얼마든지 다른 선택지가 있다는 사실을 우리는 알아버린 것이다. 그나마 나를 '가족'과 이어주는 고리는 '내 유전자를 물려받은 아이를 갖고 싶다'는 소망뿐이었다. 하지만 그 역시 생각하면 할수록 불확실한 감각이었다.

'우리는 그걸 이미 잃어버린 거야.'

언젠가 남편이 했던 그 말이 뇌리에서 떠나지 않았다.

나는 이 세상에서도 정상이었다. 엄마가 나에게 보여준 세상, 그 바깥에 존재하는 세상, 이 실험도시, 어느 세상에서도 나는 소름 끼치도록 정상이었다. 사실은 비정상이 아닐까 싶을 만큼.

"이 케이크 맛있다."

"다행이다. 내가 좋아하는 케이크야."

"볕도 잘 들고, 자연도 풍부하고, 살기 좋네. 실험도시만 아니라면 살고 싶은 곳이야."

"너도 이쪽으로 오는 건 어때?"

나리타에서 받은 안내 책자 사이에 끼워진 신청서를 현에 제출하면 즉시 이주할 수 있었다. 테이블 위에 놓인 안내 책자를 흔들며 말하자, 주리는 하얀 이를 보이며 웃었다.

"말도 안 돼."

그 정돈된 미소가 순간 '아가'의 얼굴과 오버랩되어서, 정신이 아득해졌다.

"왜 그래?"

주리가 커다란 눈으로 나를 들여다보며 물었다.

"안색이 안 좋아. 역시 이곳 생활이 안 맞는 거 아냐?"

주리의 눈동자 위로 빽빽하게 난 속눈썹이 눈꺼풀 사이로 파고드는 벌레의 다리처럼 보여서 온몸이 뻣뻣하게 굳었다.

입을 다문 나를 보고 주리는 고개를 갸웃거렸다.

"아마네?"

훤히 드러난 하얀 피부 곳곳에 뚫린 구멍 사이로 장기가 들여다보였다. 머리에만 털이 난 소름 끼치는 생물이다.

이것이 우리의 형태였나?

주리가 입을 벌리자 그 속에서 축축한 장기가 꿈틀거리며 소리를 냈다.

"정말 이상해 보여. 누워서 좀 쉬어."

"고마워……. 그런데 괜찮아."

"이번 일은 정말 안됐어. 당연히 지칠 법도 하지. 조급해 하지 말고 회복에만 집중해."

주리는 다정하게 나를 위로했다. 그래, 이게 얼마 전까지 우리가 살던 세상의 '정상'이었다. 그 사실을 깨닫고 안도의 한숨을 내쉬었다.

아이를 유산한 뒤, 나는 병원에서 새로 피임 시술을 받았다. 생리도, 달마다 느꼈던 배란통도 모두 사라졌고 붉은 피 대신 투명한 액체가 찔끔 나오게 되었다. 머지않아 주리의 자궁에서도 나와 같은 액체가 흘러나오리라. 그리고 우리는 제 몸에서 월경혈이 나왔다는 사실조차 까맣게 잊어버릴 것이다.

창밖으로 새하얀 도시가 보였다. 네모난 번데기 같은 우리의 둥지는 어디까지나 끝없이 펼쳐져 있었다.

"건배할까?"

"이렇게 밖에서 단둘이 만나는 것도 오랜만이네."

"응, 이곳으로 이사하고 나서 처음으로 이런 근사한 데서 밥 먹는 것 같아."

6월의 어느 날, 우리는 오랜만에 마주 보고 앉아 있었다.

오늘은 우리의 결혼기념일이었다. 마침 금요일이라 역 앞에 있는 평판 좋은 레스토랑을 예약했다. 임신 중인 남편을 위해 나는 조용히 식사할 수 있는 룸을 예약했다. 하얀 테이블크로스 위로 코스 요리가 하나씩 나왔다. 오랜만에 보는 남편의 인공자궁은 놀라울 만큼 커져 있었다.

여자의 임신 7개월에 해당하는 시기였다. 배가 무거워지면서 밑에서 잡아당기는 느낌이 든다며 남편은 전용 복대를 착용하고 있었다. 일반적인 임산부와 달리 자궁이 밖으로 노출된 상태라 아이가 성장할수록 불편함이 클 터인데도 남편은 더없이 행복해 보였다.

"이리로 와서 자세히 봐."

전채 요리를 먹은 뒤 이쪽으로 오라고 손짓하는 남편에게 다가갔다. 남편은 복대를 풀고 자궁을 보여주었다.

모습을 드러낸 자궁을 보고 나는 흠칫했다. 마치 피부색 랩을 씌운 듯, 인공피부 위로 태아의 형태가 또렷하게 드러나 있었다. 자궁 너머에 있는 아이는 이제 더욱더 선명하게 보여서 움직이는 모습까지 육안으로 확인할 수 있었다.

"남자아이야."

자궁을 가리키는 남편의 손끝을 따라가자, 태아의 다리 사이로 성기 비슷한 것이 어렴풋하게 보였다.

"남자 임산부는 초음파 검사를 안 해도 되겠어. 이거 봐, 아이가 웃어."

남편은 흐뭇한 표정으로 배를 쓰다듬었다.

정말 태아가 웃고 있는지, 거기까지는 알 수 없었다.

"그렇게 만져도 돼?"

"괜찮아. 약간의 충격이나 자극은 이 인공피부가 전부 흡수한대. 과학의 힘은 정말 위대해."

눈앞에서 식사를 하는 남편의 입가에는 푸르스름한 수염이 나 있었다. 거기에 전채로 나온 수프가 묻어 있었다.

순간 그것이 토사물처럼 보였다. 그의 입속에서 토사물처럼 범벅이 되었을 액체를 생각하자 구역질이 올라왔다. 낮에 땀을 많이 흘렸는지 시큼한 땀 냄새가 수프 냄새와 뒤섞여 풍겨왔다. 나는 고개를 숙이고 자리로 돌아가 다시 식사를 시작했다.

임신 중인 남편은 무알코올 칵테일을, 나는 와인을 마셨다. 느닷없이 남편이 불쾌한 표정으로 고개를 들었다.

"전부터 생각했던 건데, 당신은 와인을 마시고 나서 꼭 쯧쯧 소리를 내더라?"

"어? 와인은 원래 혀를 굴리면서 음미하는 거잖아."

"그렇긴 한데, 당신 소리는 좀 달라. 그냥 목으로 넘기는 게 더 맛있을 것 같은데? 그리고 솔직히 지저분해."

반사적으로 울컥했지만, 나는 반박하지 않고 와인 잔을 내려놓은 채 식사를 계속했다.

얼른 청결한 내 집으로 돌아가고 싶었다. 내 마음대로 내가 좋아하는 음식을 먹고 성욕이 쌓이면 스스로 조용히 몸 속에서 처분하는, 그 청결한 집으로 빨리 돌아가고 싶었다.

식사하는 동안에도 웨이터는 임신한 남편을 위해 여러모로 마음을 써줬다.

"춥지는 않으세요? 말씀해주시면 바로 조절하겠습니다. 괜찮으시면 이것도 써주시고요."

무릎담요며 쿠션을 가져다준 웨이터에게 감사 인사를 하자, 그는 별말을 다 한다는 듯 웃었다.

"이 안에 우리의 '아가'가 자라고 있으니까요. 당연히 해야 할 일이죠."

식사를 마치고 밖으로 나갔더니 다른 손님들이 우리를 보고 말을 걸어왔다.

"어머, 배 속에 '아가'가 있군요."

"벌써 이렇게 컸네요. 귀여워라."

"어서 얼굴을 보고 싶네요."

모두가 미소를 지으며 남편의 자궁을 바라봤다. 다들 저안에서 태어날 자신의 '아가'를 손꼽아 기다리고 있었다.

나는 염불을 외듯 저 안의 난자는 내 것이고, 저 아이는 '우리만의 아이'라고 되뇌며 스스로를 납득시켰다. 그 사실만이 나와 남편을 이어주고 있었다.

빨리 남편을 찢고 나오렴. 우리가 이 세상의 형태를 띤 '인간'으로 변해버리기 전에.

필사적으로 그렇게 되뇌자, 남편 안에서 우리의 아이가 꿈틀거린 것 같았다.

집주인 할아버지의 부고가 날아온 건 7월 말이었다.

이때쯤 되니 거리는 배부른 여자들로 넘쳐났다. 바다거북의 산란 장면이 떠올랐다. 어째서 한번에 저렇게 많이 낳는 것이냐며, 남편과 텔레비전을 보면서 이야기했던 적이 있었다. 하지만 이제는 우리 역시 그들과 같은 습성의 생물이 되었다.

남성의 몸으로 아홉 달이 될 때까지 태아를 품은 사람은 얼마 없었지만, 그래도 이따금 남편처럼 커다란 자궁 주머니를 달고 다니는 이들과 마주쳤다. 나이 지긋한 사람도 있었고, 젊은이도 있었다.

회사에서도 총무부장과 여섯 명의 여직원, 영업직 남자 직원 한 명이 임신 중이라 출산 휴가를 낼 준비를 하고 있었기에 눈코 뜰 새 없이 바빠졌다.

자연스레 남편과의 연락도 소원해졌다. 아이가 순조롭게 잘 자란다는 건 남편이 보내주는 메시지로 알고 있었다. 남편에게서 이번 달 말에 입원한다는 연락이 왔길래, 입원 날짜가 정해지면 알려달라는 답장을 보냈다.

남편이 입원하면 더욱더 바빠지겠다고 생각할 즈음, 집주인 할아버지의 부고가 날아들었다.

"어떡할까? 가야겠지?"

집주인 할아버지에게는 인공수정을 한 날 말고도 여러 번 신세를 졌다. 장례식이 내일이라는 이야기를 듣고 나는 남편에게 전화를 했다.

임신을 중심으로 돌아가는 이 세상에 느닷없이 나타난 '죽음'이 왠지 신기하게 느껴졌다.

"당연히 가야지. 내 양복, 그쪽에 있어?"

"아마 박스 안에 있을 거야. 찾아볼게."

"아, 생각해보니 이제 보통 옷은 안 맞겠네. 상복으로 입을 만한 임부복을 찾아야겠어."

우리는 다음 날 만나 함께 장례식장으로 향했다.

역 앞의 대형 마트에서 급히 샀다는 임부복은 자궁을 다 덮는 헐렁한 검은 원피스였다.

"이제 산달이 얼마 안 남아서, 이 옷밖에 맞는 게 없었어."

'아가'들이 입는 새하얀 아동복과 똑같은 디자인의 원피스를 입은 남편이 왠지 낯설게 느껴졌다.

장례식은 맨션 옆 마을회관에서 열렸다. 저편에서 검은 옷차림의 아이들이 나타났다. 근처 센터의 '아가'들이 장례식에 참석하러 온 것이다.

너무 어린아이들에겐 아직 이르다고 생각했는지 장례식에 참석한 아이들은 제 발로 걸을 수 있는 나이 정도 되는, 유치원에서 초등학교 저학년으로 보이는 아이들뿐이었다.

마을회관은 상복을 입은 이들로 가득 찼다. 언뜻 보기에는 '저쪽 세상'의 장례식과 별 차이 없는 것 같았다.

빈소에는 제단과 철제 의자가 놓여 있었고 우리는 뒤쪽 자리에 앉아 불경 소리를 들었다. 우리 말고도 공원에서 자주 마주치는 남녀노소의 '엄마'들이 앉아 있었다. 집주인 할아버지는 남들보다 더 열심히 공원이나 '아가 방'에 다녔으니, '엄마' 친구들도 많이 알고 지낸 모양이었다.

방금 본 '아가'들도 줄지어 앉아 있었다. 조문이 끝나자 사회자가 앞으로 나가 말했다.

"지금부터 '아가'들이 '엄마'에게 보내는 편지를 낭독하는 시간을 갖겠습니다."

'아가' 중에서 가장 나이가 많은, 초등학교 4학년쯤 되는 아이가 나오더니 편지를 읽기 시작했다.

모두 단발머리를 하고 있어서 겉으로 보기에는 성별을 알 수 없었지만, 입을 열자 소년이라는 걸 알 수 있었다. '아가'는 고개를 들고 씩씩하게 편지를 읽어 내려갔다.

"사랑하는 '엄마', 지금까지 정말 감사했습니다. '엄마'의 자식인 우리는 생명을 미래로 전달하기 위한 컵입니다. '엄마'가 주신 이 생명을 우리는 이 몸을 통해 미래로 전달하겠습니다. 무심코 흘리지 않도록 소중히, 소중히 미래로 운반하여 저도 언젠가 '엄마'처럼 멋진 '엄마'가 되어 다음 컵에 생명을 따르겠습니다. 지금까지 정말 감사했습니다."

박수 소리가 터져 나왔다. '엄마'들은 손수건으로 눈시울을 훔치며 코를 훌쩍였다.

'아가'들도 눈물을 흘렸다. 웃는 얼굴처럼, '아가'들은 우는 얼굴도 모두 같은 얼굴근육을 써서 짓고 있었다.

눈은 살며시 뜨고 눈물을 흘린다. 입은 꼭 다물고 힘을 주어 옆으로 당긴 다음, 뺨 근육을 살짝 올린다. 눈물방울이 그 뺨 위를 지나 같은 속도로 흘러내렸다. 입을 벌리고 우는 아이도, 얼굴 한쪽을 찡그리고 우는 아이도 없었다. '아가'를 인솔하는 직원도 같은 표정으로 울고 있었다.

한기를 느끼며 그 광경을 바라보고 있는데 옆에서 코를 훌쩍이는 소리가 들려왔다. 돌아보니 손수건으로 눈시울을 훔치는 남편이 보였다.

분향을 하러 나갔던 나는 생각지도 못한 광경에 놀랐다. 뒷자리에 앉아 있어서 못 보았는데 관이라고 생각했던 물체는 커다란 나무상자였고, 그 안에 화장된 집주인 할아버지의 유골이 담겨 있었다.

그것을 유골이라 표현해도 되는지 알 수 없었다. 집주인 할아버지의 유골은 이미 곱게 부서져 하얀 가루로 변해 있었다.

"그러면 다 함께 유골을 매장할까요."

사회자의 목소리에 사람들은 하나둘 밖으로 나갔다. 나와 남편도 그들을 따라 밖으로 걸음을 옮겼다. 출구에 서 있던 장의사가 플라스틱 컵을 건넸다. 안에는 하얀 뼛가루가 들어 있었다. 그것이 '집주인 할아버지'임을 깨달은 순간, 나는 놀라서 컵을 떨어뜨릴 뻔했다.

장의사 명찰을 단 남자가 두 손으로 컵을 붙잡으며 온화한 목소리로 말했다.

　"조심하세요. 자, 다 함께 '엄마'를 모셔다드릴까요?"

　컵을 든 상복 차림의 사람들이 검은 줄을 이루어 마을회관을 나선 다음 거리를 행진했다.

　묘지는 아이들이 사는 센터 뒤편에 있었다. 풀장 넓이의 네모난 구덩이에는 지금까지 세상을 떠난 사람들의 유골이 하얀 사막처럼 가득 차 있었다.

　"여러분, 유골을 여기에 내려놓으세요. 생명의 운반을 마친 '엄마'를 여러분의 손으로 돌아가신 '엄마'들과 함께 보내드립시다."

　모두 말없이 컵에 담긴 가루를 하얀 유골의 사막에 쏟은 뒤 합장을 하고 떠났다. 나와 남편도 손에 든 뼛가루를 구덩이에 쏟았다.

　뼛가루로 된 사막은 희미한 조명을 받아 새하얀 빛깔로 아름답게 빛났다. '엄마'는 하나의 큰 덩어리가 되어 물끄러미 우리를 바라보고 있었다. 언젠가 우리의 뼈도 이곳에 함께 묻히는 것일까. 그렇게 수많은 '엄마'의 일부가 되는 것일까. 이런 광경을 이상하게 여기면서도 마음 한구석에서는 오래전부터 봐온 듯한 기시감이 들었다.

새로운 세상이 내 안에 선연하게 새겨져갔다. 갓 태어났을 때, 눈에 보이는 세상의 모든 것을 빨아들여 점점 인간이 된 것처럼. 나는 지금도 세상을 계속 흡수하고 있다. 그리고 이 세상의 형태를 띤 '인간'으로 변해가고 있다.

장례식에서 돌아오는 길에 남편은 손수건으로 눈가를 훔치며 말했다.

"난 '엄마'에게 이 생명을 물려받았어. 최선을 다해 이 아이를 건강하게 낳을 거야. 그리고 미래로 생명을 이어가는 매개체가 되겠어."

"그래……."

"입원 날짜가 정해졌어. 남자 임산부가 이 정도까지 배가 부른 사례는 드물다면서 좀 일찍 입원하래. 개인 병실도 마련해주겠다고 하네."

"나도 시간 나는 대로 들여다볼게. 갈아입을 옷이나 필요한 물건도 많을 거 아냐."

"고마워, 당신 덕에 한시름 놨어."

문득 돌아보니, 우리 뒤로 장례식을 마친 상복 차림의 사람들이 줄지어 걸어오고 있었다. 사람들의 상복이 꼭 어둠에 난 작은 구멍처럼 보였다. 캄캄한 길에 난 무수한 구멍들이 천천히 우리를 향해 다가왔다.

8월이 되어 남편이 입원하자 나는 지금까지 소원했던 시간이 무색하게 매일 병원에 드나들었다.

막달이 가까워질 때까지 인공자궁으로 태아를 키운 남성은 남편을 포함해 단둘뿐이었다. 남편은 불필요한 면회나 언론 취재로부터 일절 차단되어, 의사와 간호사의 극진한 보살핌을 받고 있었다.

나는 남편의 절친한 친구이자 이웃이라는 점을 인정받아서 특별히 남편의 병실에 드나들 수 있는 출입증을 받았다.

"뭔가 실험동물이 된 기분이야."

자학적인 말투였지만, 남편의 표정은 어딘지 모르게 자랑하는 듯했다.

실상 남편은 실험동물이었다. 그래서 이런 극진한 대접을 받는 거라고 말하고 싶었지만, 태교에 좋지 않을 것 같아서 속으로 삼켰다.

자궁 속 아이가 웃으면, 남편은 흐뭇한 표정으로 배를 쓰다듬었다. 내 눈에는 아이를 잉태했다기보다 거대한 기생충에 사로잡힌 것처럼 보였다.

"갑자기 단것이 당기는 걸 보니까 아이가 먹고 싶은가 봐. 생크림이 너무 먹고 싶어."

남편의 말에 나는 매일 케이크를 선물로 바쳤다.

"고마워."

"몸은 좀 어때?"

"아주 좋아. 밖에 못 나가서 좀이 쑤실 뿐이야."

남편은 케이크를 먹으면서 텔레비전 채널을 이리저리 돌렸다.

"'저쪽 세상' 방송은 너무 시시해."

남편은 어깨를 으쓱하며 말했다.

그도 어느새 이 실험도시의 바깥에 존재하는 세상을 '저쪽 세상'이라 부르고 있었다.

"당신도 그렇지? '이쪽 세상'과 비교하면 세련된 맛이 없잖아."

"글쎄, 나는 텔레비전을 잘 안 봐서 모르겠네. 그보다 이제 목욕 시간이야."

"아, 벌써 시간이 그렇게 됐어? 좀 졸린데."

"힘들면 무리하지 말고."

"아냐, 가야지. 아이가 들어가고 싶어하는 것 같아."

남편은 자궁을 조심스레 들며 말했다.

남편의 목욕을 돕는 것도 내 일과가 되었다. 등을 닦아주며 아이가 든 자궁까지 닦았다. 결혼 생활 중에는 가급적 보지 않으려 했던 그의 알몸에도 이제 익숙해졌다.

"여기 좀 봐. 아이가 웃고 있어."

거품에 뒤덮인 자궁 속 아이를 가리키며 남편은 웃었다.

거리는 임산부들로 가득했다. 여성 중에는 아직 입원하지 않은 사람도 많아서, 잔뜩 부른 배를 안은 사람들이 오가는 광경의 거리는 금방이라도 새로운 생명으로 파열할 것 같았다.

병원에 다녀오는 길에 공원을 들러 '아가'와 놀았다. 저녁 시간이어서 그런지 공원은 퇴근길의 '엄마'들로 북적거렸다. 나는 벤치에 앉아 다른 '엄마'들과 이야기를 나눴다.

"오늘은 남자 '엄마'가 유난히 많네요."

"수정 대상자의 숫자는 남녀가 동등하지만, 막달이 가까워지면 여자 임산부들이 많아지니까요. 아무래도 공원을 찾는 '엄마'들 중에 남자가 많아질 수밖에 없죠."

"그렇군요."

"그러고 보니 소식 들었어요? 역 앞에 성인용 '클린 룸'이 생겼대요."

"'클린 룸'이요?"

"성인이 되면 성욕이 몸에 쌓이잖아요. 옛날 교미의 흔적이라는 건 알지만, 거추장스러우니까. 그 발정을 화장실 같은 데서 배출하게끔 하는 거죠. 몸을 깨끗이 할 수 있도록. 세상 참 좋아졌어요. 지금까지는 집에서 몰래 배설할 수밖에 없었는데 이제는 쌓이면 곧바로 배출할 수 있으니까요."

아, 또다시 세상이 그러데이션으로 물들어간다.

그 '클린 룸'이라는 게 어떠한 구조인지는 모르겠지만, '자위'라는 것도 앞으로 사라질지 모른다.

편해지겠네. 그렇게 생각하는 내가 있었다. 우리의 성은 진화를 거듭했고 그에 발맞춰 세상도 변화하고 있었다. 그 사실을 받아들이는 내가 있었다.

"점점 편리해지네요."

"그러게요. 역시 최첨단 도시에 사니까 좋네요."

다른 '엄마'들도 웃고 있었다. 나는 살짝 이를 보이며 입을 벌린 다음, 웃는 것처럼 얼굴에 빈 구멍을 만들었다. 일제히 웃는 '엄마'들의 얼굴근육은 '아가'들이 그랬듯 전부 판박이처럼 똑 닮아 있었다.

집으로 돌아와 어두운 실내를 보자 안도감이 느껴졌다. 불을 켜지 않은 채 침대 위로 쓰러졌다. 텔레비전을 켜니 아나운서가 아까 들었던 '클린 룸'에 대해 사뭇 진지한 얼굴로 설명하고 있었다.

해외의 실험도시에서는 이미 설치된 '클린 룸'이 드디어 일본의 실험도시에 도입되었습니다. 방으로 들어가 안에 있는 터치패널에 자신의 데이터를 입력하면 시각, 청각, 후각과 전자 진동에 의해 더욱 손쉽게 몸속의 성욕을 해소할 수 있습니다. 항균 처리된 일회용 기기도 옵션으로 구입 가능해서 쓸데없이 시간을 낭비하지 않고도 성욕을 처리할 수 있습니다. 그 덕에 이제는 성가신 경험을 하지 않아도 됩니다. 개인차에 따라 다르지만, 최소 1분에서 최대 5분으로 몸속을 깨끗하게 만들 수 있습니다.

아나운서의 설명을 들은 나는 옷장 서랍을 열었다. 서랍 구석에 몇 개월이나 처박아 놓았던 파우치 속 내 연인들이 죽어버린 게 아닐까 하는 생각이 들어서 두려웠다. 나는 그들이 '저쪽 세상'에 살아 있다고 믿고 그들을 사랑했다. 그것만큼은 분명한데, 파우치 안의 그들이 집주인 할아버지처럼 하얀 뼛가루가 되어 하나의 덩어리로 화한 듯한 기분이 들었다. 나는 파우치를 그 자리에 두고 서랍을 닫았다. 그들은 어디까지나 나의 '연인'이었지 성욕을 처리하기 위한 도구가 아니었다. 바쁜 나날 속에서 어느새 '사랑'이라는 부속이 없는, 편리하고 간편한 도구들만 찾게 되었고 그것으로 성욕에 쓰는 시간을 단축하고 있었다.

이곳에 온 뒤로 나는 한 번도 새로운 사랑에 빠지지 않았다. 사랑이 없으면 어디로 가야 할지 갈피조차 잡지 못하고 늘 영혼을 질질 끌고 다니는 기분이었는데.

나는 인간이 아닌 존재와도 사랑하지 못하게 된 걸까. 성욕은 사랑의 달콤한 산물이 아니라 어느새 몸속에 쌓여 아랫배에서 들끓는 불쾌한 배설물로 변해 있었다.

그토록 숭고했던 내 성욕이 하잘것없고 거추장스러운 무언가처럼 느껴졌다. 나는 열에 달뜬 몸을 추스르고 청결한 방에서 꾸벅꾸벅 졸았다.

나는 이 세상의 형태에 너무나 딱 들어맞았다.

천 년 뒤에 우리는 어떠한 형태의 동물이 되어 있을까. 그런 생각을 하며 까무룩 잠이 들었다.

남편의 출산일은 구름 한 점 없이 화창했다.

나는 남편의 부탁을 받은 친구라는 명목으로 특별히 허가를 받아, 수술실의 유리창 너머로 남편의 출산을 지켜보고 있었다. 인공자궁에는 태아가 지나는 산도가 없기 때문에 제왕절개로 인공자궁을 갈라서 아이를 꺼낸다고 했다.

남편은 침대에 누워 있었다. 부분 마취였기에 의식은 있어서 불안한 눈으로 천장을 올려다보고 있었다.

제왕절개라 절단면은 안 보이겠지 생각했는데 여기서도 남편의 전신이 훤히 보였다. 자신의 수술 장면을 보지 못하도록 남편의 얼굴은 고정되어 있었다. 남편 몫까지 지켜보리라 다짐하며 나는 유리창에 얼굴을 바싹 들이댔다.

"그럼 수술을 시작합니다."

산부인과 의사의 말과 함께 제왕절개가 시작되었다.

의사가 신호를 보내자 침대 양옆에 있던 간호사들이 남편의 자궁을 들어 올렸다. 남편의 배와 연결된 주머니를 들자 인공피부 너머로 자궁 속 태아가 몸을 뒤집는 모습이 보였다. 수술 장갑을 낀 의사가 은빛 가위로 간호사들이 들고 있는 자궁의 천장을 갈랐다.

인공피부라 통각이 없다는 걸 알면서도 막상 눈앞에서 목격하니 눈을 돌리고 싶었다. 하지만 나는 꾹 참고 가위가 남편의 자궁 겉면을 가르는 광경을 지켜보았다.

자궁과 이어진 혈액 튜브 하나가 끊어졌는지 남편의 자궁에서 피가 흘렀다.

"조금만 더 힘내세요! 이제 다 끝났어요!"

창백해진 남편의 낯빛을 보고 나는 그가 죽었을지도 모른다는 불안을 느끼며 진땀을 닦았다.

의사는 주머니 윗부분을 갈라 구멍을 낸 다음, 세로로 자르기 시작했다. 자궁 겉면이 들리며 안쪽이 보였다. 인공피부 안쪽에서 플라스틱 혈액 튜브와 인공탯줄에 연결된, 피투성이의 창백한 태아가 나타났다. 의사는 매서운 얼굴로 주머니를 계속 갈랐고 이내 절단면이 넷으로 나뉘며 주머니가 활짝 열렸다.

의사는 남편의 갈라진 인공자궁에서 흐느껴 우는 아이를 배 위쪽으로 건져냈다.

"성공입니다!"

의사가 피투성이의 아이를 들어 올리자 온 수술실에 울음소리가 울려 퍼졌다.

아아, 우리는 다른 형태의 동물이 되었다.

나는 멍하니 유리창 너머를 바라보았다.

눈앞의 광경은 내가 아는 '인간'이란 동물의 출산 장면과 너무나도 동떨어져 있었다. 피투성이에 주름이 자글자글한, 거대한 고환을 닮은 갓난아이가 하얀 수술실에 떠 있었다. 그 아래에 누워 있는 남편의 자궁 옆에는 페니스가 힘없이 늘어져 있었고, 찢긴 자궁은 마치 인공육으로 만든 꽃처럼 피어 있었다.

남편은 커다란 꽃을 피운 채 눈물을 흘리며 갓난아이를 올려다보았다. 망막을 통해 내 안으로 침투한 그 광경이 오장육부 구석구석에 강렬히 새겨졌다. 온몸의 세포들이 눈앞의 광경을 흡수하는 게 느껴졌다.

유리창 너머에서 펼쳐지고 있는 것은 절대적인 생명이 탄생하는 광경이었다. 내 눈앞에서 생명이 발생한, 그 기적적인 사건에 온몸의 세포가 흥분해 전율하고 있었다.

이 새로운 생명이란 존재는 나에게 강제로 감동을 떠안겼다. 남편의 몸을 통해 우리 모든 '엄마'의 '아가'가 새롭게 나타난 것이다.

의사도 간호사도 모두 '엄마'였다. 그들은 행복한 듯 '아가'를 바라보고 있었다.

"'아가', 내가 네 '엄마'란다."

"나도 '엄마'란다."

"여기도 '엄마'가 있단다."

의사와 간호사는 다정한 목소리로 '아가'에게 말을 걸었다.

저기 존재하는 건 틀림없는 '아가'였다. 저 밖에 있는 다수의 사랑스러운 '아가'와 같은 존재일 뿐, 그 이상도 이하도 아닌. 배냇머리밖에 없는 저 머리도 곧 단발머리로 변하여 내가 어제 공원에서 안아주었던 수많은 '아가'와 같은 존재가 되겠지.

'아가'는 누구와도 닮지 않은 얼굴로 울어대고 있었다. 저 얼굴근육도 분명 다른 '아가'들과 똑같이 움직이게 될 것이다. 그리고 수많은 '아가'와 똑 닮은 표정으로 웃고, 말하고, 울 것이다.

나는 아직 누구와도 닮지 않은 '아가'를 뚫어져라 쳐다보았다. '아가'의 울음소리는 처음 접하는 낯선 동물의 울음소리 같았다.

그날부터 눈코 뜰 새 없이 바쁜 나날이 계속됐다. 나는 병원 밖으로 쫓겨나, 남편과도 만나지 못한 채 뉴스에서 보도되는 사상 최초의 인공자궁 성공 사례를 질릴 정도로 보며 하루하루를 보냈다. 검사와 취재에 시달리던 남편과 겨우 연락이 닿은 것은 아이가 태어난 지 2주가 지나서였다.

어렵게 면회 허가를 받은 나는 꽃을 사 들고 남편의 병실을 찾았다.

"몸은 좀 어때?"

"이제 절개 부위도 다 아물었어. 지금 당장에라도 뛰쳐나가고 싶은 심정이야."

"아이는?"

"센터에 보냈어."

나는 순간 숨을 삼켰지만, 이내 조용히 물었다. 결국 이렇게 될 것을 이미 오래전부터 예상하고 있었다.

"그렇구나. 괜찮겠어? 한번 센터에 들어가면 다른 애들하고 구별이 가지 않잖아. 우리 아이를 알아보고 데려올 수 있을까."

"그 얘기 말인데, 이대로 살아도 괜찮지 않을까? 우리 아이는 저기 있잖아."

남편은 창밖을 내다보았다. 그곳에는 낯선 아이들이 뛰어놀고 있었다.

이제 다 틀렸다. 나는 그렇게 생각했다.

나도, 남편도, 이 세상을 너무 많이 먹었다.

그리고 이 세상의 정상적인 '인간'이 되어버렸다.

정상이라는 것만큼 소름 끼치는 광기는 없다. 이미 미쳐 있는데도 이렇게 올바르다니.

남편은 사랑스러워 죽겠다는 표정으로 창밖의 아이들을 바라보며 말을 이었다.

"이렇게 기쁠 수가 없어. 우리는 결국 낙원으로 돌아온 거야. 아이를 낳고 모든 아이의 '엄마'가 되었잖아. 우리는 아마 오래전부터 길을 잘못 들었던 것일지도 몰라. 섹스 없이는 아이를 낳을 수 없었던 시대의 풍습을 버리지 못하고 오래도록 헤맸지. 이곳이 너무 그리웠어. 당신도 그렇지?"

"……."

"내가 출산에 성공함으로써 인공자궁으로도 아이를 낳을 수 있다는 사실이 증명됐어. 정말 영광스러운 일이야."

남편은 황홀한 표정으로 말했다.

"난 내 자궁으로 세상에 생명을 이어나간 거라고. 정말 멋지지 않아?"

순간 그냥 수긍할까 망설였지만, 나는 낮게 중얼거렸다.

"맞아……. 하지만 약속했잖아. 우리 둘의 약속이었어. 둘이서 아이를 키우자고……."

"우리가 잘못 생각했던 거야. 생명은 인류 전체의 재산이니까 돌려줘야지."

남편은 철 좀 들라는 듯 고개를 저었다.

"당신도 낳아보면 알 거야. '내 아이' 같은 건 존재하지 않아. 아무리 제 배 아파 낳은 자식이라도 결국 인류의 '아가'라고."

나를 타이르듯 말하는 남편에게 더는 전할 말이 없었다.

"쉬어……. 난 그만 갈게."

"그래. 나도 검사받을 게 많아. 남성 출산의 첫 성공 사례잖아."

의기양양한 표정의 남편을 두고 병실을 나왔다.

멀리서 어렴풋이 갓 태어난 '아가'의 울음소리가 뒤섞여 들려왔다. 모두 내 아이다. 그런 마음이 한쪽에서 솟아올랐다. 내가 '본능'이나 '생리적'이라 칭하며 믿었던 감정이나 충동과는 전혀 다른 무언가가 내 안에서 싹트고 있었다.

내 본능의 형태를 확인하고 싶다. 이곳에 온 뒤로 잊고 있었던 그 충동에 휩싸여, 그 목소리에 다가가고자 나는 휘청거리면서 병원의 하얀 복도를 걸었다.

"엄마."

나를 부르는 소리가 들렸다.

병원 바깥을 내다보니 여러 명의 '아가'가 어딘가를 향해 뛰어가는 모습이 보였다.

나는 신생아 센터라고 적힌 문 앞에 서 있었다. 갓 태어난 아이들은 먼저 이곳에 수용되었다. 그중에서 건강한 아이들을 골라 '아가 방'으로 옮긴다고 들었다.

이 문 너머에 나란히 누워 있을 '아가'들의 모습을 내 눈으로 확인하고 싶었다. 그날, 남편의 머리 위로 들어 올려진, 내 유전자가 각인된 '아가'와 무엇이 다른지 알고 싶었다. 내가 이제껏 믿어온 본능이 아직 내 안에 존재하는지 확인하지 않고는 견딜 수가 없었다.

잠겨 있는 문을 밀기도 하고 당겨도 봤지만, 꿈쩍도 하지 않았다.

"무슨 일이시죠?"

간호사의 목소리에 화들짝 놀라 동작을 멈췄다.

"이곳은 출입금지 구역입니다. 몇 호실에 계신 분이죠?"

나는 쭈뼛쭈뼛 뒤돌아보며 쉰 목소리로 말했다.

"저기…… 잠깐이라도 좋으니까, 혹시 '아가'를 볼 수 있을까요?"

"그런 행위는 금지되어 있습니다. 그리고 설사 본다고 해도 본인이 낳은 아이가 누구인지 못 알아보실 거예요."

간호사는 얼굴을 찡그렸다. 나를 자신이 낳은 아이를 찾으러 온 입원환자로 오해한 모양이었다.

"그게 아니라 전 작년 크리스마스이브에 시술을 받았는데, 결국 아이를 낳지 못했거든요……. 그래서 무사히 태어난 '아가'의 모습을 잠깐이라도 보고 싶어서요."

그렇게 설명하자 간호사의 표정이 누그러졌다.

"그러셨군요. 아직 몸도 편치 않으실 텐데……. 그럼 잠깐만 보여드릴게요. 실은 오늘 아침에도 환자분처럼 사산한 '엄마'가 찾아오셨어요. 건강하게 태어난 아이들을 보고 마음 편히 돌아가셨죠. 아마 환자분도 '아가'들을 보고 나면 분명 안정을 찾으실 거예요."

나를 오늘 '아가'를 사산한 '엄마'라고 착각한 간호사는 주머니에서 카드키를 꺼내 신생아 센터의 문을 열어줬다.

문 너머에 바로 아이들이 있을 거로 생각했지만 안쪽에는 다른 건물과 이어진 듯한 긴 통로가 있었다.

"이 병원에서 태어난 아이들을 전부 이곳에서 관리하고 있거든요. 아이들은 모두 전용 건물에 있어요."

긴 통로를 종종걸음으로 걷는 간호사를 간신히 뒤쫓으며, 나는 작은 소리로 물었다.

"저기…… 이상한 질문일 수도 있겠지만……."

"말씀하세요."

싹싹하게 대답하는 간호사의 모습에 나는 안도의 한숨을 내쉬며 말을 이었다.

"혹시 '저쪽 세상'에서 아이를 낳아보신 경험이 있나요……?"

"아, 난 또 뭐라고. 있어요."

간호사는 시원스레 고개를 끄덕였다.

"그럼 왜 '이쪽 세상'에 오신 거죠?"

그녀는 나를 힐끗 보더니 웃으며 말했다.

"왠지 그런 '예감'이 들었어요. 분명 우리의 미래는 이런 형태일 것이라는."

"……"

간호사는 대답 없는 나를 보며 다정하게 웃었다.

"저도 '저쪽 세상'에서는 아이를 셋이나 키웠어요. 귀엽기도 귀여웠지만, 말을 얼마나 안 듣는지 고생깨나 했죠. 그래도 더없이 소중한 아이들이었어요. 모성이란 게 이런 건가 실감하며 키웠죠. 하지만 이쪽에 와서 깨달았어요. 지금까지 내가 배 아파 낳은 자식에게 집착했던 건 말이죠. 물론 사랑하는 마음도 있었지만, 그것이 이 세상을 원활히 돌아가게 하는 데 도움이 되는 본능이었기 때문이란 걸."

"……."

"하지만 가장 중요한 부분은 변치 않은 것 같기도 해요."

"그게 뭔데요?"

"인간이라는 한 마리의 동물로서 더없이 건전하다는 사실을요. 미래로 생명을 이어 나간다. 이 인간의 가장 중대한 목적을 몸과 마음이 모두 따르고 있거든요. 어떤 형태로든 저는 '엄마'예요. 그쪽도 마찬가지고요."

간호사는 거기까지 말하고 커다란 은색 문 앞에서 걸음을 멈췄다.

"이 너머에 '아가'들이 있어요. 말씀드렸다시피 잠깐만 보고 나오셔야 해요."

"네."

간호사는 아까와는 다른 카드키로 문을 열었다.

"자, 들어가세요."

심호흡을 하고 안으로 들어갔다. 갓난아이들의 울음소리가 울려 퍼졌다.

문 너머의 시설은 생각했던 것보다 훨씬 컸다.

나는 숨을 삼키며 복도 양쪽으로 펼쳐진 유리창 너머의 광경을 바라보았다. 그곳은 거대한 '인간' 밭이었다. 달리 표현할 말이 없었다.

유리창 너머 저 멀리까지 셀 수 없이 많은 신생아가 빼곡하게 누워 있었다. 옛날 사람들은 아이가 양배추밭에서 태어난다고 했다는 이야기를 어디선가 읽었는데, 아마 이 광경을 예감했던 것일지도 모른다.

백의의 간호사가 인간 밭 사이를 돌며 분유를 주고 있었다.

"저기, 이렇게 다 같이 뉘어 놔도 되나요?"

별다른 구별 없이 나란히 누워 있는 '아가'들의 모습에 위화감을 느낀 내가 그렇게 묻자 간호사는 웃으며 대답했다.

"무슨 소리예요. 저 아이들은 모두 같은 '아가'예요. 진료 기록에는 각각 다른 번호가 붙어 있지만, 지금은 모두 이름도 호적도 없다고요. 저 중에서 건강한 아이들을 골라 '아가 방'으로 옮길 거예요. 병에 걸린 아이들은 당연히 적절한 치료를 받게 되지만, 개중에는 세상을 떠나는 아이들도 있어요."

유리창으로 다가가 다시금 보니, 푸르스름한 양배추밭처럼 보였던 아이들은 확장된 정자 그 자체였다.

머릿속에 어릴 적 엄마가 사진으로 보여준 아빠의 얼굴이 떠올랐다. 엄마의 몸으로 흘러 들어가기 전에, 나는 이 남자의 고환 속에서 이렇게 가지런히 늘어서 있었을까. 생명의 번식 시스템에 순종하며, 이름 없는 무구하고 순수한 생명의 알갱이로.

저 멀리서 숨을 거둔 아이 몇 마리가 실려 나가자, 이내 새로 태어난 아이들이 빈자리를 채웠다.

이 생명의 양배추밭은, 내가 이제껏 보아온 세상의 풍경 그 자체였다. 성장한 생명은 이내 이곳에서 소멸하고, 발생한 생명이 찾아온다. 생명의 알갱이가 옮겨지면 그 자리에 생긴 구멍에 새 생명이 깃든다. 생명은 무한히 들고 나며, 늘 변함없는 이 양배추밭의 풍경은 영원히 계속된다. 우리는 세상에 진열된 생명이다. 그뿐이다. 세상은 늘 그랬다. 생명은 언제나 옳았다.

여기 있는 모든 이가 나의 '아가'였다.

내 난자와 남편의 정자로 수정되어 그날 인공자궁에서 태어난 아이와 이곳에 누워 있는 아이들은 모두 균등한 존재였다.

유리창에 손을 대고 내 '아가'들에게 미소를 던졌다.

"'아가', '엄마'야. '엄마' 여기 있단다. 여기 좀 보렴."

몇 마리의 '아가'가 그 목소리에 반응하듯 눈동자를 굴리거나 울음을 터뜨렸다.

여기 있는 모든 '아가'는 내가 쏟아부은 생명을 고르게 지니고 있겠지. 이것이 지금 나의 '본능'일까. 깔깔거리며 웃고 싶었다.

간호사가 "어떻게 타이밍이 맞았네요"라며 유리창 너머를 가리켰다.

"건강하게 자란 '아가'가 '아가 방'으로 옮겨지고 있어요. 안아보실래요?"

나는 고개를 끄덕였다. 간호사는 신생아 센터의 뒷문으로 보이는 문을 열고 들어가 갓난아이를 옮기는 간호사에게 말을 걸었다.

"잠깐만요, 이분은 '아가'를 사산하신 '엄마'예요. 잠깐 안 아봐도 될까요?"

젊은 간호사는 고개를 끄덕이면서 갓난아이를 나에게 안 겼다.

말없이 아이를 안아 든 나는 순간 숨을 멈췄다가 환하게 웃었다.

"어머나, 우리 '아가'는 어쩜 이렇게 사랑스러울까."

"네, 이 아이도 환자분 자궁에서 태어난 아이예요. 이 세 상의 모든 자궁은 서로 이어져 있으니까요."

"맞아요. 우리 '아가'. 아하하, 정말 예쁘고 사랑스러운 우 리 '아가'. 아하하, 하하하하하."

내 웃음소리에 응답하듯 '아가'도 생긋 웃었다.

남자나 여자, 그러한 구분 없이 우리는 모두 인류를 위한 자궁이 된 것이다. '정상'이라는 들리지 않는 음악이 우리 머리 위로 울려 퍼지고 있었다. 우리는 그 음악에 지배당하 고 있다. 내 몸속에도 어느새 그 음악이 우렁차게 퍼져 나갔 다. 그 음악을 따라서 나는 다정한 목소리로 우리 '아가'를 불렀다.

눈앞에서 꿈틀거리는 이 사랑스러운 생명들은 나를 강제

로 감동시켰다. 무엇이 올바른 건지, 무엇이 정상인 건지 세상은 늘 이런 식으로 우리를 일깨운다.

우리는 모두 이 세상의 저주에 걸린 것이다.

세상이 어떠한 형태로 존재하든, 그 저주에서 벗어나는 건 불가능하다.

눈앞에 늘어선 신생아들과 품에 안긴 보드라운 갓난아이, 남편이 흘리던 혈액과 높이 떠받들린 새 생명, 생명이 이어지는 광경, 그 강제적인 '정상'성 앞에서 우리는 저항하지 못하고 그 '멋진 광경'에 감동하며 앞으로도 그에 복종할 것이다.

"어쩜, 어쩜, 이렇게 사랑스러울까."

"우리 '아가'는 어쩜 이렇게 사랑스러울까."

"예쁘다, 예쁘다, 예쁘다, 예쁘다, 예쁘다, 예쁘다."

'엄마'들이 이구동성으로 말하는 목소리를 듣고 내 품 안의 '아가'가 방긋 웃었다. '아가'의 맑은 눈동자가 세상을 바라보고 있었다. 나처럼 세상을 흡수해 인간이 되어가겠지. 이 올바른 세상을 온몸으로 느끼며.

"아하하, 이 아이는 한 번도 안 우네요. 착한 '아가'구나."

"그러게요. 여기 봐요. 예쁜 보조개가 있네요. '아가'는 정말 사랑스러워요."

모두 똑같은 미소를 짓고 있는 간호사 '엄마'들은 자신의 '아가'를 쓰다듬으며 다정한 목소리로 말을 걸었다. '아가'는 모든 '엄마'에게 미소를 보냈다.

유리창 너머로 '아가' 밭이 끝없이 펼쳐지고 있었다. 가늘게 꿈틀거리는 저 하얀 알갱이들이 모두 내 사랑스러운 '아가'다. 나는 솟아오르는 이 애틋한 감정을 토해내듯 품에 안긴 보드라운 '아가'를 꼭 끌어안았다.

집으로 찾아온 엄마에게 홍차를 대접하자 엄마는 불편한 듯 몸을 비틀었다.

"집이 좁네. 네 남편은 어디 갔어?"

"이사 갔어. 인류 최초의 남성 출산 성공 사례잖아. 강연 요청도 몰려들고, 병원 연구에도 협조해야 해서 회사도 그만뒀나 봐."

"그만뒀나 봐? 직접 만나서 들은 게 아니야?"

"응. 바빠서 이사할 때도 사람을 대신 보내서 짐을 가져가더라고. 나도 '아가'에게 분유를 먹이느라 바빴고."

일제히 태어난 '아가'들은 이제 생후 1개월에 접어들었다.

우리 '엄마'들은 매일 센터의 '아가 방'을 찾아 분유를 먹이
거나, 달래주고 보살피느라 여념이 없었다.

엄마는 얼굴을 찡그리며 불쾌한 듯 한숨을 쉬었다.

"저쪽에서도 날마다 그 뉴스뿐이야. 설마 네 남편이 아이
를 낳을 줄이야……. 걱정되어서 와봤더니……."

"아직 방은 안 빼서 열쇠는 내가 갖고 있어. 방 빼는 것도
귀찮은데 엄마가 그냥 옆으로 이사 올래?"

"말이 되는 소리를 해."

얼굴을 찌푸리며 단칼에 거절하는 엄마를 보니 나도 모르
게 웃음이 났다.

"'저쪽 세상'은 어때? 여전해?"

"저쪽 세상이 뭐니?"

미간을 찡그리는 엄마에게 하얀 접시에 담긴 딸기 생크림
케이크를 내밀었다.

"이 그릇 귀엽지? '아가'가 마을 축제에서 만든 거야."

"남의 아이는 이제 그만 신경 쓰고 네 아이를 낳아야지."

"알았어."

"정말 알아들은 거야? 이미 아이를 낳은 줄 알고 와봤더
니만……. 올해는 실패했어도 내년이 있잖아. 네 남편하고

잘 상의해봐. 가족이니까."

무심코 웃음이 터져 나왔다.

가족. 얼마 만에 듣는 말일까. 이 세상에서는 전혀 쓸모없는 말이었다.

"뭐가 웃기니. 사람 기분 나쁘게."

키득거리는 나를 보고 엄마는 언짢은 듯 눈을 흘겼다.

"그냥 이렇게 살아도 되지 않아? 세상을 움직이는 시스템이 어떻게 바뀌든 어떤 사람들은 위화감을 느끼기 마련이고, 그 비율은 항상 일정할 거야."

"......?"

"엄마는 분명 어떤 세상에서도 위화감을 느끼는 10퍼센트의 사람이야. 나는 어딜 가도 위화감을 못 느끼는 사람인거고."

"넌…… 어릴 때부터 그랬어. 세상의 시스템에 순순히 적응해서 잘 살았지. 적어도 겉보기에는. 난 그렇게 못 산다. 처음부터 이 몸에 각인된 본능은 아무리 시간이 지나도 사라지지 않아. 절대로. 내 안에서 타오르고 있어."

"맞아. 엄마는 그런 사람이지."

"하지만 사람 마음이라는 게 그렇게 쉬운 게 아니야. 네 몸 어딘가에는 전에 있던 세상의 데이터가 남아 있다고. 네 영혼에는 네가 어릴 적에 내가 새겨 넣은 '서로 사랑하는 이들이 맺어져 아이를 낳는 세상'의 데이터가 남아 있어. 그 세상에서 눈뜬 본능에서 넌 도망 못 쳐. 섹스가 사라져가는 세상에서도 넌 한 번도 애인이 없던 적이 없었어. 더 이상 무슨 말이 필요하니? 너한테 저주를 걸었다고 말했지? 네 본능은 사랑하는 사람과 아이를 낳는 걸 원하고 있어. 내가 너를 올바르게 살아가도록 키웠으니까."

나는 웃으며 빈 찻잔을 가리켰다.

"더 마실래?"

"내 말 듣고 있어? 아무렇지 않은 표정 지어봤자 소용없어. 사실은 너도 알고 있지? 네가 '올바른 인간'이라는 걸."

"엄마는 인간이 괴물 같다고 생각해본 적 있어?"

"뭐?"

"인간뿐 아니라 이 세상에 존재하는 생명체는 모두 괴물일지도 몰라. 바다에서 살던 생물이 육지로 올라오거나, 하늘을 날거나, 꼬리가 달리거나. 그러다 이족보행을 하게 되었고, 동물적인 교미가 아니라 '과학적인 교미'로 번식하게 되었잖아. 모든 생명체는 괴물이고, 나 역시 예외는 아니었어. 그뿐이야."

엄마는 어째서인지 상처받은 소녀 같은 얼굴을 하고는 뒷걸음쳤다.

"왜? 케이크 안 먹을 거야?"

"너…… 그거 진심으로 하는 소리 아니지? 넌 원래 주변의 영향을 잘 받았어. 지금도 세뇌된 것뿐이야. 엄마랑 같이 가자. 여기보다는 원래 있던 세상이 훨씬 나아."

"엄마는 세뇌되지 않았다고 장담할 수 있어? 세뇌되지 않은 뇌가 이 세상에 존재하기는 해? 그럴 바에야 이 세상에 가장 적합한 광기로 미치는 게 훨씬 낫지."

엄마는 새파랗게 질려 힘없이 고개를 떨구었다. 그리고 진짜 괴물을 보듯 눈을 돌린 채 황급히 가방을 들고 나갈 채비를 했다.

"그만…… 가련다. 너하고 얘기하고 있으면 나까지 이상해질 것 같구나."

"그래? 케이크 좀 싸줄까?"

"됐다."

일어나려던 엄마는 갑자기 휘청거리더니 의자에서 떨어져 바닥에 쓰러졌다.

"아……."

갑작스레 찾아온 현기증에 당황한 것인지 아니면 수면제 때문에 잠이 쏟아지는 것인지는 모르겠지만, 엄마는 초점 없는 눈으로 안간힘을 쓰며 테이블을 잡고 일어나려 했다. 그러나 결국 의자를 넘어뜨리며 다시 무릎을 꿇었다.

"엄마, 괜찮아?"

나는 냅킨으로 입을 닦으면서 일어나 웅크린 엄마에게 천천히 다가갔다.

"너…… 홍차에 뭘……."

"엄마. 난 정상적인 엄마가 보고 싶어."

"뭐라고?"

"어떤 세상에 있어도 완벽하게 정상으로 존재하는 나를 보면 미쳐버릴 것 같아. 세상에서 가장 소름 끼치는 광기가 뭔 줄 알아? 바로 정상이라는 거야. 안 그래?"

"……."

엄마는 이제 말조차 잇지 못하고 비틀거리며 죽을힘을 다해 나를 노려보았다.

"엄마, 나 무서워. 어디를 가도 그놈의 '정상'이 계속 쫓아오잖아. 난 그냥 비정상으로 살고 싶은데, 어디를 가도 쫓아

와서 어떤 세상에 있어도 나는 정상일 수밖에 없어."

"⋯⋯! ⋯⋯!"

엄마는 무언가를 호소하듯 입을 벌렸다 다물며 물에 빠진 사람처럼 버둥거렸다.

"엄마. 엄마가 나를 이렇게 '정상'적인 인간으로 만들었잖아. 엄마 때문에 나는 이런 모습의 '인간'이 되어버렸어. 이번에는 엄마가 날 위해 정상이 되어줘. 이 세상에서 함께, 바르게, 미쳐줘."

엄마는 바닥을 기어 현관으로 가려 했다. 하지만 수면제의 효과는 너무나 강력해서 엄마는 죽어가는 바퀴벌레처럼 바닥 위에서 부들부들 떨었다. 약에 완전히 취했는지, 엎드려서 팔다리를 버둥거리던 엄마의 움직임이 멈췄다. 나는 그런 엄마를 보며 말했다.

"난 '엄마'의 '아가'잖아. 그렇지, '엄마'?"

의식을 잃은 모양이었다. '엄마'에게서는 아무 대답도 돌아오지 않았다.

창밖으로 펼쳐진 하늘은 더없이 화창해서 하늘색과 하얀색으로 이루어진 이 거리와 경계선이 허물어져 있었다. 마치 하늘 위를 표류하는 느낌이었다.

밖에서는 '아가'들의 웃음소리가 들려왔다. 신나게 떠드는 듯한, 소리치는 듯한 그 목소리들이 내 고막을 간질거리며 흔들고 있었다.

구름 한 점 없는 날에 거리를 걷고 있노라면, 꼭 공중을 거니는 듯한 기분이 든다.

회사를 나와 집으로 돌아가는 길, 하늘색 보도블록을 밟으며 나는 생각했다.

몇 년이 지나도 우리의 '아가'들은 변함없는 모습으로 이 거리 곳곳에서 뛰어놀고 있었다. 시간이 흘러도 여전한 그 모습을 보면, 나이가 들어간다는 것을 잠시 잊곤 했다.

그 이후로 나는 몇 번인가 인공수정 시술을 받았지만, 내 자궁에서 '아가'가 태어난 적은 없었다. 하지만 어디서든 '아가'의 모습을 늘 볼 수 있었다.

작년, 서른아홉 번째 생일을 맞이한 나에게 의사는 다음 번 시술부터 본인의 자궁과 인공자궁 중 선택할 수 있다고 했지만, 그 뒤로 나는 인공수정 대상자로 선정되었다는 엽서를 받아보지 못했다. 아침에 출근했다가 야근이 없는 날이면 공원에 들렀고, 주말에는 마음껏 '아가'들을 사랑해주었다.

5월에 들어서자 배가 불러온 남자와 여자들을 거리에서 흔히 볼 수 있게 되었다. 퇴근길에는 항상 '클린 룸'에 들러 성욕을 배출했는데 방이 더러워지지 않는 것 같아 집에서 하는 것보다 깨끗하게 느껴졌다. 그리고 산뜻한 기분이 되어 집으로 향했다. 거리낌 없이 '클린 룸'을 이용하는 나를 오물 보듯 하는 '엄마'들도 있었다. 나는 그녀들에게 미소를 지어줬다.

세상은 지금 이 순간에도 끊임없이 변화하고 있다. 저 사람들도, 나도 '도중'에 있는 것이다. 그 위치가 다를 뿐이다.

이 도시의 성공으로 규슈에도 새롭게 '에덴 시스템'을 도입한 도시를 만든다고 한다. 분명 이 도시처럼 아름다운 세상이리라. 상상만 해도 즐거워졌다.

여느 때처럼 역 앞 '클린 룸'에 들러 성욕을 배출하고 나서, 근처에 있는 카페에서 좋아하는 커피를 사 들고 나와 집으로 향했다. 저녁을 먹기 전에 커피 한잔의 여유를 즐기는 것도 요즈음의 습관이었다.

공동현관을 열고 안으로 들어가려는데 우편함 맞은편 게시판에 하얀 아동복을 입은 키 큰 '아가'가 열심히 포스터를 붙이고 있었다.

"아, '엄마'."

내 발소리를 들은 '아가'가 환한 표정으로 돌아봤다.

'아가'들도 내가 이곳에 처음 이사 왔을 때에 비해 훌쩍 성장했다. 눈앞에 있는 아이가 제1차 임신으로 태어난 '아가'라면, 지금은 열네 살이 되었을까. 늘씬한 팔다리와 종이처럼 새하얀 살갗에 물방울이 맺힌 걸 보니 땀을 흘리는 것 같았다.

"여기서 뭐 하니?"

아이를 따라 웃으며 묻자, '아가'는 살짝 쑥스러운 듯 대답했다.

"이번 어버이날에 센터에서 열리는 행사 포스터를 붙이고 있었어요. 다 같이 카네이션을 만들어서 '엄마'에게 드리려고요. '엄마'도 꼭 오세요."

말투까지 교육받고 있는지, '아가'는 스타카토로 연주하듯 또랑또랑하고 듣기 좋은 목소리로 말했다.

"당연히 가야지. 이 근처 집들을 돌고 있는 거니? 우리 '아가' 참 대견하네."

머리를 쓰다듬자 아이는 "어린애 취급 마세요"라며 토라진 표정을 지었다.

"센터 생활은 어때? 오늘은 뭘 먹었니? 외롭지는 않고?"

별생각 없이 물었을 뿐인데, '아가'는 의아한 듯 동그랗고 새카만 눈동자로 나를 올려다보았다.

"외로운 게 뭐예요?"

나는 화들짝 놀라 유리구슬 같은 '아가'의 새카만 눈동자를 마주 보았다.

"외롭다는 건…… 그건 말이지…….

그 감각이 순간적으로 떠오르지 않아서 고개를 갸웃거렸다. 머리로는 무슨 말인지 알고 있었지만, 어떠한 감각인지 기억나지 않았다. '고독'도 내 머릿속에서 사라져가고 있는지도 모른다.

미소 지으며 고개를 갸웃거리는 나에게 '아가'가 걱정스러운 표정으로 다가와 등을 쓸어주었다.

"'엄마' 괜찮아요?"

새하얀 팔. 그러고 보니 나는 '아가'가 남자인지 여자인지조차 몰랐다.

'아가'의 얼굴을 자세히 보려고 뒤돌아본 순간, 나는 균형을 잃고 비틀거렸다. 들고 있던 텀블러에서 뜨거운 커피가 흘러나와 '아가'의 하얀 아동복에 튀었다.

"앗 뜨거워……!"

놀라서 손을 치운 '아가'에게 나는 당황해 달려들었다.

"'아가' 괜찮니!"

대체 나는 내 아이에게 무슨 짓을 저지른 걸까.

"이 정도는 아무렇지도 않아요."

"괜찮긴, 뜨겁잖아! 화상 입은 데는 없고?"

"네……."

"이리 와, 찬물에 바로 식혀야 해! 화상이 더 번지기 전에 옷도 빨리 갈아입어야겠다!"

나는 황급히 '아가'를 집으로 데려가 하얀 아동복과 그 밑의 티셔츠를 벗기고 샤워기로 환부를 식혔다. 팔이 살짝 붉어지기는 했지만 다른 곳은 괜찮은 듯해서 가슴을 쓸어내렸다. 그러고 나서야 이 '아가'에게 가슴이 없다는 것과 남자인 것 같다는 사실을 깨달았다.

"고마워요, '엄마'."

나 때문에 다쳤는데도 순순히 내 말을 듣는 모습이 사랑스러워서, 나는 아이를 꼭 끌어안았다.

"미안, 정말 미안해."

샤워로 응급처치를 한 뒤, 나는 검은 반바지와 운동복을 옷장에서 꺼내 아이에게 건넸다.

"바지도 다 젖었지? 지금 건조기로 말릴게. 치수가 안 맞겠지만 잠시 이거 입고 있으렴."

"네, 고마워요."

싱긋 웃더니 '아가'는 주저 없이 바지와 속옷을 단박에 벗었다.

욕실 문을 닫던 나는 화들짝 놀라 그 자리에 우두커니 섰다.

"속옷이 없는데 이걸 다시 입어도 돼요?"

생글생글 웃으며 고개를 갸우뚱거리는 그 모습을 보고, 이 아이에게는 '수치심'이라는 것이 존재하지 않음을 깨달았다.

실오라기 하나 걸치지 않은 모습으로 아이는 의아한 듯 나를 올려다보았다.

"'엄마'?"

'아가'의 단발머리가 찰랑거렸다. 어제 공원에서 공부를 가르친 '아가'와 그저께 무거운 짐을 들어준 '아가'가 같은 사람인지 아닌지, 그 동그란 눈동자를 본 적이 있기는 한지 도무지 알 수가 없었다.

'아가'는 무수한 '아가'와 같은 방식으로 근육을 움직여서, 눈을 깜빡이고 뺨 근육을 들어 올리며 입가에 웃음을 머금었다.

"'아가'······."

"왜요? '엄마'."

"'엄마' 몸속에 이걸 넣고 싶은데, 어쩔래?"

'그'가 어느 정도의 지식을 가졌는지, 성에 대한 수치심은 존재하는지 궁금해진 나는 중지로 그의 작은 페니스를 만지며 물었다.

'아가'는 잠시 의아한 표정을 지었지만, 하얀 이를 보이며 천진난만하게 웃었다.

"네, 알았어요. 원래 우리는 모두 '엄마' 몸속에 있었으니까요."

나신으로 웃는 '아가'는 언젠가 동화책에서 보았던 '낙원'의 아담 그 자체였다.

'낙원'을 떠난 아담과 이브는 어떤 섹스를 했을까.

밖은 환했고 우리 둘은 아무것도 걸치고 있지 않았다. 하지만 그 사실이 조금도 부끄럽지 않았다.

하얀 시트 위에서 나는 섹스를 만들어냈다. 만드는 수밖에 없었다. 예전의 방법은 이미 잊은 지 오래라, 내 몸속에서 이미 사라지고 없었다.

오래전에 그랬던 것처럼 내 몸속의 '목소리'를 따르려 했지만 금세 포기했다. 몸속에서는 아무 소리도 들리지 않았다. 지식은 있었지만, 몸속에서 섹스라는 것이 이미 배출된 기분이었다. 나는, 혹은 인류는 '저쪽 세상'에서 모든 섹스를 다 해버렸는지도 모른다.

고개를 갸웃거리면서 '아가'의 다리 사이에 있는, 뱀 허물 같은 것을 퍼즐처럼 내 몸에 끼워 맞췄다. 잠잠한 몸속에서 '뇌의 배설물'은 끓어오르지 않았다. 이제 이 몸에서 그런 시스템이 사라졌는지도 모른다.

'아가'의 돌출된 그곳은 말라버린 지점토처럼 살짝 굳어 있었다.

'아가'의 점막에서 나는 향수를 느꼈다. 아직 자궁 속에 있을 때, 내장에 둘러싸여 살았던 때의 그 감각이 조금씩 되살아났다. 마음이 편안해졌다. 그 안도감으로 침을 흘리듯 몸 곳곳의 점막이 젖어 들기 시작했다. 눈이 촉촉해지고 콧물이 나자 질에서도 맑은 물이 흘러내렸다. 자세히 보니 '아가'도 나와 마찬가지였다. 인간의 몸이란 마음이 편안해지면 저절로 수분을 흘리게 되어 있는지도 모른다.

마치 수분受粉하는 식물처럼, 내 촉촉한 점막과 '아가'의 촉촉한 점막이 서서히 흔들리며 하나가 되었다. 끈적한 암술 같은 '아가'의 돌기에 체액을 조금씩 묻히다 보니 어느새 그것은 내 안에 들어와 있었다.

쾌락은 어디에도 없었다. 오로지 불가해한 안도감만이 그곳에 존재했다. 느슨하게 풀어진 우리의 근육은 아무런 아픔도 느끼지 못했다.

내 몸속으로 빨려 들어가는 암술 같은 돌기를 보고 '아가'는 의아한 표정을 지었다.

"'엄마', 이게 뭐 하는 거예요?"

"응, 만들어보려는 거야. 내 몸속에서 지금까지 인간이 해본 적 없는 일을 만들어보려는 거란다."

"와, 굉장해요! '엄마'는 역시 대단해요."

'아가'는 눈을 빛내며 우리를 잇는 창백한 돌기를 바라보았다.

갑자기 옆집인 705호에서 벽을 세차게 두드리는 소리가 들렸다. 이 집에 인기척이 나는 것을 알아챈 걸까. 걸어놓은 그림이 떨어질 정도로 벽은 격하게 흔들리고 있었다. 드문드문 동물의 울음소리 같은 것이 들렸다.

"이게 무슨 소리예요?"

소리가 나는 벽을 바라보는 '아가'의 검은 머리를 나는 다정한 손길로 쓰다듬었다.

"사람이 살지 않는 빈집인데, 저기도 '엄마'가 빌렸단다."

나는 베개 옆에 놓아둔 열쇠를 흔들며 말했다. '아가'는 신기한 듯 나를 올려다보았다.

"저기 뭐가 있어요?"

"응. 애완동물을 키워. 배가 고파서 저러나 봐. 이따가 밥을 줄 거니까 걱정하지 말렴."

"와, 무슨 동물이에요?"

"아주 사랑스러운 동물이야. 울기도 잘 울고 밥도 잘 먹고."

의자가 뒤집어지는 소리가 들리며 잡음이 한층 격해졌지만, 이내 단념했는지 서서히 잦아들었다.

"잠들었나 봐요. 먹이는 뭘 줘요?"

"음, 이것저것 잘 먹는데, 제일 많이 먹이는 건 이 세상이야. 세상을 먹고 그 세상에 딱 맞는 형태로 변화하는 동물이란다. 아주 신기하고 재밌지?"

"우와, 신기해요!"

'아가'는 나처럼 근육을 움직여 뺨을 올리더니 입을 옆으로 크게 벌리고는, 이 사이로 검은 구멍을 보이며 웃었다.

이제껏 경험해보지 못한 엄청난 물들이 몸 밖으로 흘러나왔다. '아가' 역시 나사가 하나 빠진 듯 물을 흘려댔고 입에서는 침이 뚝뚝 떨어졌다.

우리는 물을 뒤집어쓴 식물처럼 한데 얽혀 있었다.

'아가'의 돌기가 나와 '아가'를 연결하고 있었다. 굵고 짧은 탯줄처럼.

질에서 기어 나온 탯줄이 내 '아가'에게 이어졌다. 나는 '아가'에게 손을 뻗었다. 젖은 손과 손을 마주 잡고, '아가'는 마치 첫울음 소리를 내듯 웃었다.

옆방에서 또다시 커다란 신음 소리가 들렸다. '인간'이 동물이었을 적의 울음소리는 저랬었지. 나는 향수를 느끼며 그 소리에 귀를 기울였다.

네 다리로 기며 교미를 하던 시절에도, 우리는 저렇게 울어댔을까.

'인간'의 울음소리는 언제까지고 울려 퍼졌다. 그것이 옆방에서 들리는 소리인지, 나에게서 나오는 소리인지 그 경계조차 희미해지는 것을 느끼며 나는 내 자궁과 연결된 '아가'의 보드라운 피부를 연신 쓰다듬었다.

옮긴이의 말

　무라타 사야카는 2003년 단편소설 『수유』로 데뷔한 이래, '정상과 비정상' '성'과 '여성이라는 것의 위화감' '결혼' '출산' '가족' 등 이른바 상식이라 불리는 것들에 대한 의문을 제기하는 작품을 발표해왔다.

　『소멸세계』 역시 그 연장선에 있는 실험적인 작품으로, 작가는 현실을 반전시킨 듯한 또 다른 세계를 배경으로 하여 '성' '연애' '결혼' '가족' '출산'에 대한 '정상'과 '비정상'이 무엇인지 물음을 던진다. 작품의 무대가 되는 것은 현대 일본과 전혀 다르지만 어딘가 비슷한, 평행세계의 일본이다. 교미가 아닌 인공수정을 통해 아이를 낳게 된 이 세계에서, '가족'인 부부의 섹스나 연애는 '근친상간'으로 여겨진다.

때문에 사람들은 가정 밖에서 연애를 즐기게 되었고, 그 대상은 사람뿐 아니라 가상의 캐릭터로 확산되었다.

연애, 섹스, 그리고 결혼과 가족이라는 제도가 해체되고 소멸해가는 이 세상에서, 어릴 적부터 어머니에게 '너는 섹스를 통해 태어난 아이'라는 이야기를 들어온 주인공 아마네는 철저하게 이질적인 존재다. 철이 들어 자신이 '비정상'인 존재임을 깨달은 뒤, 그녀는 제 태생과 어머니를 부정하듯 철저하게 '정상'에 편입하려 하지만 근본적인 위화감을 떨칠 수는 없다. 어머니에 의한 최초의 배신 이후, 아마네가 '종교'로 삼은 것은 결혼, 즉 가족이다.

가족, 가족, 가족, 그 주문을 외울 때마다 내 마음은 안정을 찾아갔다.
사랑을 잃어도, 나에게는 가족이 있다. 아이도 낳을 것이다.
나는 자궁을 통해 세상과 이어져 있다.
그 사실이 나에게 안도감을 주었다.

가족제도 안에서의 재생산, 즉 출산만이 그녀가 세상과

이어질 수 있는, 즉 '정상'임을 확인할 수 있는 유일한 수단이다. 그리고 그녀는 그러한 '정상'에의 희구를 '본능'이라여기며 정당화한다.

하지만 2장으로 접어들어 이야기의 무대가 바뀌면서, 이가족 이데올로기는 급격히 무너지기 시작한다. 사랑과 연애에 지친 아마네와 그녀의 남편이 이주한 곳은 '실험도시 지바'로, 이곳에서는 모든 사람이 인공수정으로 아이를 낳고 그렇게 태어난 아이를 공동 양육한다. 그리고 이 시스템 속에서는 남성 역시 자궁을 가진 출산의 주체가 된다.

"그 얘기 말인데, 이대로 살아도 괜찮지 않을까? 우리 아이는 저기 있잖아."

남편은 창밖을 내다보았다. 그곳에는 낯선 아이들이 뛰어놀고 있었다.

이제 다 틀렸다. 나는 그렇게 생각했다.

나도, 남편도, 이 세상을 너무 많이 먹었다.

그리고 이 세상의 정상적인 '인간'이 되어버렸다.

정상이라는 것만큼 소름 끼치는 광기는 없다. 이미 미쳐 있는데도 이렇게 올바르다니.

'가족'과 '출산'을 신봉하는 아마네의 동지였던 남편 사쿠역시 인공자궁을 통한 임신과 출산을 경험하며 그녀를 배신한다. 이렇게 '자궁'이라는 본능을 통해 세상과 이어지고자 했던 그녀의 시도는 또다시 좌절을 겪는다. 남성의 임신과 출산이 하나의 정상으로 자리 잡아가는 세계에서, 아이를 낳는 성으로서의 여성을, 그 자궁을 더 이상 본능이라 부를 수 있을까.

남편의 임신과 출산을 계기로 아마네는 그동안 종교처럼 믿어온 그 본능 역시, 생명 출산을 통해 시스템을 유지하려는 세계가 만들어낸 '정상성'의 신화이자 저주일 뿐이라는 사실을 깨닫게 된다. 그리고 그녀가 살아가는 세계는 이제 성별과 연령에 상관없이 모든 이에게 임신과 출산을 허용함으로써 그 '본능'을 더욱 견고히 하려 한다. 이렇게 태어난 모든 아이는 누구의 자식도 아닌 모든 이의 '아가'가 되어 시스템의 일원으로 편입된다.

아我와 타他의 경계가 사라진 아름답고 무기질적인 세계, 그곳의 이름은 낙원, 에덴이다.

이야기의 마지막에서 아마네는 이 만들어진 낙원을 떠나지 않고 순응한 것처럼 보이지만, 다시 최초의 본능인 어머니를 죽이고 소멸되어 가는 '섹스'를 만들어내려 한다. 그것은 '정상성'이라는 압도적인 음악이 지배하는 세계에 균열을 내려 하는, 이단의 노래다.

작년 말, 정부에서 제작하여 공개한 '대한민국 출산지도'는 한국 사회에 커다란 논란을 불러일으켰다. 지역별로 가임기 여성 숫자를 표시한 이 분포도에 많은 이가 여성을 '아이 낳는 기계'로만 보느냐고 비판하며 섹스, 임신, 출산에 대한 고정관념에 이의를 제기했다. 『소멸세계』를 작업하는 내내 그 생각이 머리를 떠나지 않았다. 섹스, 임신, 출산 그리고 가족. 그것들은 여전히 어떤 이에게는 본능일 수도 있지만, 다른 이에게는 더 이상 아닐 수도 있다.

우리는 언제나 '도중'에 있다. 어떤 세상에 세뇌되더라도, 그것으로 누군가를 심판할 권리 같은 건 없는 것이다.

우리는 변화의 순간에 있고 결정되어 있는 것은 없다. 『소멸세계』를 읽는 과정은 '당연하게 여겨지는 것들'에 의문을 던지고 해체함으로써, 규정되지 않은 자신과 세계의 모습을 상상하게 하는 경험이었다.

이 세계가 소멸한 뒤에, 새롭게 나타나는 세계는 어떠한 모습일까. 당신의 세계가 궁금하다.

2017년 봄

최고은

소멸세계

펴낸날	**초판 1쇄**	**2017년 7월 28일**
	초판 5쇄	**2018년 1월 19일**

지은이	**무라타 사야카**
옮긴이	**최고은**
펴낸이	**심만수**
펴낸곳	**(주)살림출판사**
출판등록	**1989년 11월 1일 제9-210호**

주소	**경기도 파주시 광인사길 30**
전화	**031-955-1350**　　팩스　**031-624-1356**
홈페이지	http://www.sallimbooks.com
이메일	book@sallimbooks.com

ISBN	978-89-522-3701-9　03830

※ 값은 뒤표지에 있습니다.
※ 잘못 만들어진 책은 구입하신 서점에서 바꾸어 드립니다.

이 도서의 국립중앙도서관 출판예정도서목록(CIP)은 서지정보유통지원시스템 홈페이지
(http://seoji.nl.go.kr)와 국가자료종합목록시스템(http://www.nl.go.kr/kolisnet)에서
이용하실 수 있습니다.(CIP제어번호: CIP2017014815)